Frank Löwe

DER FLUCH DER STATUE

Ein spannendes Abenteuer mit

TOFFIE

Pelikan

Unter Mitarbeit von Informatikschülern
des Ludwig-Thoma-Gymnasiums in Prien/Chiemsee

ISBN 3-8144-1607-4

Umschlaggestaltung: Günter Klimke, Isernhagen
Titelillustration: Michael Pönnighaus
Innenillustration: Karel Novosad
Textredaktion: Dirk Rainer Meynecke/
Dörnersche Verlagsgesellschaft, Reinbek
Gesamtherstellung: Clausen & Bosse, Leck
Printed in Germany
Auflage 15 14 13 12 11 10 9 8 7 6 5 4 3 2 1

Inhalt

TOFFIE

„Computer mit Ohren“ nennen ihn seine Freunde, wenn Toffie von seiner Lieblingsbeschäftigung erzählt. Was er auch an Daten erwischen kann – er steckt alles in seinen Computer. Vor allem seine letzten Pfennige, denn fast das gesamte Taschengeld geht für Software drauf. Zum Glück sind Onkel und Tante, bei denen Toffie lebt, nachdem seine Eltern bei einem Verkehrsunfall ums Leben gekommen sind, gut betucht, so daß er dennoch meist über die nötige „Knete“ verfügt. Wie Toffie noch aus den scheinbar belanglosesten Dingen speicherfähige Daten herausliest, wie er seinen Heimcomputer die Daten abgleichen läßt, um die Zahl der Verdächtigen zu filtern – darin ist er Spitze. Daß sich dieser „Datenhamster“ (Originalton Tina) auch aufregen kann (und sich dann leicht mal verhaspelt), traut ihm eigentlich niemand zu. Doch wenn es schon mal darum geht, „Schweinereien gegen Pflanzen, Tiere und Umwelt“ aufzudecken, dann ist Toffie immer mit doppelter Zähigkeit dabei.

Obwohl alle ein wenig das Gefühl haben, daß Toffie und sein Computer scheinbar alles über sie weiß, sind die meisten doch sehr dankbar über seine Computerhilfe bei Hausaufgaben. Und Tina findet „den Typen sogar echt korrekt“, wenn sie nicht gerade das Gegenteil behauptet.

TOFFIE BERGER: 176 cm ... 15 Jahre alt ... schlank ... blaue Augen ... blonde Kringellocken ... besondere Merkmale: Blendschirm mit Geheimfächern.

KEINE GESCHICHTE FÜR GRUFTIES

TINA

Das ist eine ganz Schüchterne, sagen die, die sie nicht kennen. Pimo und Toffie, ihre beiden Freunde, können da ein ganz anderes Lied von singen, vor allem von ihrer spitzen Zunge, mit der sie immer auf den Punkt trifft.

Das sieht Tina natürlich ganz anders: „Wer nicht checkt, was Sache ist, der leimt sich eben selbst." Vor ihrer „ätzenden Schreibe" fürchten sich auch die Lehrer, wenn Tina in der Schülerzeitschrift über Ungerechtigkeiten vom Leder zieht. Mit ihrem Vater, dem Fachmann für neue Medien, versteht sich Tina ausgezeichnet, auch wenn dieser immer behautet, es sei leichter, sich mit drei kaputten Computern herumzuärgern als mit seiner Tochter zu diskutieren.

TINA HOFMANN: 165 cm groß . . . 14 Jahre alt . . . schlank . . . braune Augen . . . rote Haare . . . trägt gern einmal eine andere Frisur (an dieser Stelle tippt Toffie immer heimlich in seinen Computer: schöne rote Haare)

PIMO

Daß ihn seine Mitschüler oft als graue Maus bezeichnen, nimmt Pimo ganz gelassen hin. Ja, er ist eigentlich sogar ein bißchen stolz darauf. Gelassen sein, sich nur nicht hervortun, aus der zweiten Reihe schießen, unerkannt bleiben – nur so hat man die besten Chancen, einen Fall zu lösen. Dies ist seine Devise. „Wer sich immer in den Mittelpunkt stellt, der bemerkt nicht, was um ihn herum vor sich geht", sagt er. Nicht selten liegt er auf der Lauer (was man ihm ja nicht ansieht). Das muß er von seinem Vater abgeschaut haben, der von Beruf Privatdetektiv ist. Und daß er begeisterter Krimifan ist, verwundert nicht. Allerdings geht ihm deshalb öfter mal die Phantasie durch. Pimos Ehrgeiz ist, besser als sein Vater zu sein. Dafür opfert er manche Stunden, die eigentlich für Schularbeiten reserviert sein sollten. Was seinen Vater zu der Bemerkung veranlaßt: „So schaffst du nicht einmal die Schule."

PIMO PENK: 170 cm groß ... 14 Jahre alt ... nicht dick, nicht dünn ... graue Augen ... mittelblond ... absolut keine besonderen Merkmale (was für Toffie aber auch schon wieder ein Merkmal ist).

Frank Löwe

Ein spannendes Abenteuer mit
TOFFIE

Beutezüge in dunkler Nacht
Gefangen in der alten Mühle
Flammenmeer auf dem Autofriedhof
Das Geheimnis der unterirdischen Gänge
Im Griff der Würgeschlange
Der seltsame Adler
Der Fluch der Statue

1. Toffie macht eine seltsame Entdeckung

Rätselnd starrte Toffie Berger auf das frischgemähte Stoppelfeld, das in einer leichten Senke unter ihm lag.

„Was zum Teufel ist das nur?“ murmelte er mit gefurchter Stirn.

Das Feld grenzte an einer Seite an einen Lehmweg und war auf den anderen drei Seiten von Laubwald umschlossen. Es war etwa dreihundert Meter lang und dreihundert Meter breit.

Was sich auf diesem Feld abzeichnete, erregte in dem blondgelockten Jungen die höchste Verwunderung. Es war Anfang Juni, die Sonne stand tief am Himmel.

„Ich werd' verrückt, so was Komisches habe ich überhaupt noch nie gesehen“, sagte Toffie.

Auf dem Stoppelfeld waren ganz deutlich ein Dutzend verschieden große Scheiben zu sehen, unregelmäßig über die goldgrün schimmernde Fläche verteilt. Die Scheiben hatten Durchmesser zwischen etwa drei und zwanzig Metern.

Einige von ihnen überlappten sich. In einer Ecke des Feldes, ganz drüben am Wald, häuften sich diese kreisförmigen Muster.

Eines war klar: Durch die Mähmaschine eingezeichnet waren diese rätselhaften Scheiben keinesfalls. Also mußte es eine andere Erklärung geben.

Toffie erhob sich von der sanften Anhöhe jenseits des Lehmwegs und ging zu diesem Feld hinüber. Jetzt, wo er auf ebenem Boden stand, verschwanden die kreisförmigen Muster ganz. Es war wie eine Fata Morgana.

Der hochgewachsene Junge stiefelte auf seinen Tennisschuhen eine Weile auf dem Feld herum. Mehrere Male verharrte er achselzuckend, rätselnd. Dann kehrte er zu seinem Aussichtspunkt zurück.

Merkwürdig. Jetzt waren die Scheiben verschwunden. Weg. Wie ausradiert.

„Ich glaub', mein Hamster bohnert", stöhnte Toffie.

Er sah zum Himmel hinauf. Ein feiner Dunst hatte sich vor die tiefstehende Sonne geschoben.

„Dabei war ich erst kürzlich beim Augenarzt", sagte sich der in Jeans und Sporthemd gekleidete Junge.

Er war soeben im Begriff, aufzustehen, um mit seinem Fahrrad nach Astheim zurückzufahren, als er erschrocken innehielt.

„Jetzt glaub' ich wirklich, ich hab' 'nen Sockenschuß", sagte er laut.

Da waren diese Scheiben wieder. Ganz deutlich zeichneten sie sich durch eine unmerklich hellere Färbung von ihrem Umfeld ab.

Toffie wandte den Kopf zur Sonne. Der Dunst hatte sich verflüchtigt.

„Also hängt's damit zusammen", murmelte er. „Man sieht diese Muster nur bei ganz bestimmtem Licht. Wahrscheinlich nur, wenn die Sonne tief steht. Und ihre Strahlen in einem ganz bestimmten Winkel auf das Stoppelfeld auftreffen. Und natürlich sieht man diese seltsamen Scheiben auch gar nicht, wenn das Feld bewachsen ist."

Toffie fuhr nach Astheim. Er lebte mit seinem Onkel und seiner Tante in einem kleinen Haus am Stadtrand. Schon von weitem sah der Junge das Fahrrad seines Freundes Pimo am Gartenzaun stehen.

Pimo saß auf der Stufe der Terrasse im Garten und erwartete ihn. Wie immer kaute er Kaugummi. Er war eigentlich ein Durchschnittstyp. Mittelgroß, mittelblond, durchschnittliches Gesicht. Doch die Tatsache, daß alles an ihm Durchschnitt war, ganz egal, ob Schuhgröße, Haarschnitt, Intelligenz oder Muskelkraft, hob ihn irgendwie aus der Masse der normalen Durchschnittsmenschen heraus.

„Hi, Toffie", grüßte er.

„Warum sitzt du auf der Terrasse?" fragte Toffie. „Haben sie dich nicht reingelassen?"

„Niemand da.“ Pimo kaute.

Toffie setzte sich neben ihn. Sofort erzählte er Pimo von den seltsamen Kreisen, die er auf dem abgemähten Feld gesehen hatte.

„Und was soll da besonders doll dran sein?“ fragte Pimo.

„Na, überleg doch mal. Irgendwoher müssen diese Scheiben doch herkommen.“

„Vielleicht ist der Traktor mit der Mähmaschine im Kreis gefahren.“

„Eben nicht. Das ist gewiß.“

„Na ja, okay.“

„Was heißt okay?“ fauchte Toffie ihn gereizt an. „Ist das alles, was du dazu zu sagen hast?“

„Was soll ich sonst sagen, Toffie? Dann gibt es eben in der Nähe von Astheim ein Feld mit einem Dutzend verschieden großer, scheibenförmiger Muster drauf. Hör mal, wenn du nichts anderes zu tun hast, als an diesem Feld herumzurätseln...“

„Das komische ist, daß man diese Scheiben nicht immer erkennt“, flüsterte Toffie nachdenklich. „Nur bei bestimmtem Licht. Wenn die Sonnenstrahlen in einem bestimmten Winkel einfallen.“

„Dann ist es eine Fata Morgana. Oder Zauberei. Der Beweis, daß es auf der Welt eben doch Übersinnliches gibt. Und du wolltest es nie glauben. Jetzt hast du es selbst gesehen. Habe ich dir schon von der Fata Morgana in der Wüste von Nevada erzählt?“

„Nein.“

„Also, das war so. Da kam ein Desperado. Halbverdurstet, auf einem halbverdursteten Maulesel. Der Desperado will dem Tod durch Verdursten entgehen, schneidet sich die Ader auf, um sein eigenes Blut zu trinken. Klar? Es kommt kein Blut mehr. Also, was tut er...?“

„Pimo, erzähl mir bitte nicht die ganze Filmstory. Das ist doch alles Phantasie.“

„Eben nicht. Der Film basiert auf der Grundlage einer wahren Geschichte."

„Ach, Quatsch." Toffie stand auf und ging ums Haus herum. An der Küchentür hakte er den Finger unten ein und hob die Tür oben aus ihrem Schloß. Es war die einfachste Art, um ins Haus zu gelangen. Und immer hilfreich, wenn man seinen Hausschlüssel vergessen hatte.

Toffie goß sich ein Glas Saft ein.

Pimo war ihm gefolgt.

„Auch ein Glas, Pimo?"

Pimo schüttelte den Kopf. Er kaute. Plötzlich sagte er: „Scheiben hast du gesagt? Richtige unregelmäßige Scheiben?"

Toffie nickte. Er trank.

„Ein Dutzend?"

„Ungefähr."

„Interessant." Pimo nickte vor sich hin. „Das ist sogar hochinteressant."

„Wieso?"

„Möglicherweise hast du da die Entdeckung des Jahrhunderts, wenn nicht des Jahrtausends gemacht. Das kann eins von den Dingern sein, für die man den Nobelpreis kriegt."

„Wieso? Was meinst du, Pimo?"

„Komm mit!"

„Was?"

„Du hast richtig gehört. Komm mit!"

„Wohin?"

„Zu mir nach Hause."

„Aber warum?"

„Ich habe dir gesagt, du sollst mitkommen. Hörst du etwa schlecht?"

Toffie stellte achselzuckend sein Glas ab und folgte Pimo ins Freie. Er zog die Küchentür hinter sich ins Schloß und stieg dann vor dem Zaun aufs Rad. Auch Pimo stieg auf.

Wenig später hatten sie das Siedlungshaus erreicht, in dem Pimo Penk wohnte.

Pimos Vater Harry Penk war im Garten damit beschäftigt, Maulwürfe zu jagen. Es war eine Beschäftigung, der er mit einer gewissen Haßliebe nachging. Er liebte es, Maulwürfe zu jagen. Aber gleichzeitig wurmte es ihn auch. Es gab viele Maulwürfe in Penks Garten. Zu viele.

„Tag, Herr Penk. Schon einen Maulwurf gefangen?" fragte Toffie.

„Tag, Toffie. Heute noch nicht", antwortete Harry Penk. Er war ein Hüne von Mann, von Beruf Privatdetektiv.

„Probieren Sie's doch mal mit der modernen Methode der Rasterfahndung und elektronischen Spurensicherung." Toffie grinste.

„Du, werd nicht frech!" Harry Penk hob schmunzelnd und scherzhaft mahnend den Zeigefinger.

Toffie folgte Pimo ins Haus. In der offenen Tür wandte er sich noch mal um und rief Pimos Vater zu: „Wenn Sie einen Maulwurf erwischen, am besten gleich Handschellen anlegen!"

In Pimos Zimmer sagte er: „Also, was gibt's?"

Pimo suchte ein bestimmtes Buch in seinem Regal. Es dauerte eine Weile, bis er es entdeckt hatte. Das Buch hatte den Titel ‚Ausgrabungen der Jungstein- und Bronzezeit'.

„Was soll das denn?" erkundigte sich Toffie rätselnd.

Pimo suchte eine bestimmte Seite in dem Buch. Er schlug sie auf, legte das aufgeschlagene Buch vor Toffie auf seinen Schreibtisch und fragte knapp: „Sieht dein Feld ungefähr so aus?"

Toffie Berger war völlig verdattert. Was er da auf diesem Schwarzweißfoto, das eine Seite im Buch ausmachte, sah, hatte verblüffende Ähnlichkeit mit seiner eigenen Entdeckung.

„Genau so sieht es aus", murmelte er verdutzt.

Dann las er, daß es sich bei den scheibenförmigen Mustern um ehemalige Hügelgräber handelte, die im Laufe der Jahrhunderte durch Erosion, Witterungseinflüsse und durch das Bearbeiten der Äcker ganz eingeebnet worden waren.

Das Foto war eine Luftaufnahme. Mit bloßem Auge, so hieß

es in dem Text, ließen sich solche Gräber fast gar nicht erkennen. Und auch aus der Luft zeichneten sie sich nur ab, wenn das Feld frisch beschnitten war.

Es gab in Deutschland nur wenige solcher Formationen von Hügelgräbern, beziehungsweise hatte man bis jetzt nur sehr wenige entdeckt. Die meisten galten als völlig bedeckt oder abgetragen und für alle Zeiten unauffindbar.

Die noch bestehenden Erhebungen waren oft nur noch wenige Zentimeter hoch.

„Es ist der reinste Wahnsinn", stöhnte Toffie.

„Wo liegt das Feld?" erkundigte sich Pimo.

„Im Osten. Acht, neun Kilometer von hier. Dort, wo der Nadelwald ganz in Laubwald übergeht."

Pimo nickte. Er kannte die Gegend. „Wollen wir noch mal rausfahren?"

„Ja. Ruf Tina an. Sie soll mitkommen."

Toffie wartete auf dem Gehsteig, bis Pimo aus dem Haus kam. Er hatte am Telefon ihrer Freundin schon erklärt, worum es ging. Minuten später stießen sie am Beginn der brüchigen Teerstraße, die in östlicher Richtung aus Astheim hinausführte, auf Tina Hofmann.

Tina war ein hübsches Mädchen mit rotem Haar und braunen Augen. „Das ist ja vielleicht 'n Ding", sagte sie, statt ihre Freunde zu begrüßen. „Ich bin gespannt, wie diese Scheiben aussehen."

Die Straße wurde nur noch wenig befahren, seit vor vielen Jahren die breite Umgehungsstraße gebaut worden war.

Als sie das Stoppelfeld erreicht hatten, war es kurz nach acht Uhr, und die Sonne war schon untergegangen.

Das späte Licht ruhte wie Gold auf dem Stoppelfeld.

Tina, Toffie und Pimo standen auf der leichten Anhöhe und blickten auf das Feld hinab. Vögel zwitscherten, und Grillen zirpten. Es duftete nach Blüten.

„Nichts zu sehen", sagte Pimo.

„Dort hinten in der Ecke des Feldes häufen sich diese Muster“, erläuterte Toffie. „Aber man sieht sie nur bei bestimmtem Licht.“

„Kommt, wir gucken uns mal das Feld an“, schlug Tina vor.

Sie schlenderten auf dem Feld umher. In der nördlichen Ecke, dort, wo der Wald begann, knieten sie nieder und prüften den Boden.

„Nichts, aber rein gar nichts zu erkennen“, sagte Pimo. „Nicht die Bohne einer Erhebung.“

„Doch!“ rief Tina plötzlich.

Sie hatte sich von ihren beiden Freunden etwas entfernt und lag jetzt am Boden. Aus dieser Froschperspektive schien sie eine Entdeckung gemacht zu haben.

Toffie und Pimo legten sich neben sie. Und jetzt registrierten sie auch die flache Wölbung des Erdbodens, die etwa zehn Meter vor ihnen begann und die sich nach weiteren zehn Metern wieder absenkte.

„Ein Hügelgrab“, flüsterte Pimo andächtig.

Er erhob sich und ging auf die kaum wahrnehmbare Erhebung zu. Plötzlich fiel er auf die Knie und fing mit den Händen wie wild zu buddeln an. Seine Finger krallten sich in das trokkene Erdreich und rissen Wurzeln und Erdbrocken heraus. „Ein Hügelgrab!“ schrie er entzückt. „Ein Hügelgrab! Gleich habe ich den ersten Totenschädel in Händen.“

Tina sah gequält zum Himmel auf, blickte dann Toffie an und drehte den Zeigefinger an der Stirn, um anzudeuten, was sie von Pimos Intelligenzniveau hielt.

„Pimo, laß den Blödsinn“, sagte Toffie. „Auf diese Weise kannst du jahrelang buddeln, ohne richtig voranzukommen.“

Pimo erhob sich. Sein Grinsen zeigte an, daß er sein wildes Buddeln ohnehin nur als Scherz gemeint hatte. „Also, was machen wir jetzt mit unseren Hügelgräbern?“ fragte er.

Toffie zuckte ratlos die Schultern.

Auch Tina war anzumerken, daß sie keine Idee hatte.

„Funde dieser Art sind meldepflichtig“, erklärte Pimo kaugummikauend. „Steht in meinem Buch.“

„Und wem gehören eigentlich die Gräber?“ fragte Toffie.

„Wahrscheinlich dem Bauern, dem das Feld gehört“, sagte Tina.

„Richtig“, klärte Pimo sie auf. „Allerdings hat die Sache für den Bauern einen Haken.“

„Welchen?“ Toffie und auch Tina musterten ihren Freund neugierig.

„Man kann ja nicht mit der Planierraupe in diesen Gräbern nach alten Skeletten oder Grabbeigaben suchen“, antwortete Pimo. „Sondern das ganze Feld wird erst mal in Quadrate abgesteckt. Dann wird die Erdschicht Zentimeter um Zentimeter abgetragen. Äußerst behutsam. Das kostet Geld. Womöglich mehr, als die Funde überhaupt wert sind. Außerdem...“

„Außerdem?“ fragte Toffie.

„Außerdem müssen die Funde ans Landesamt für Denkmalpflege geschickt werden. Dort werden sie registriert, numeriert, vor allem aber erst mal gereinigt und womöglich zusammengekittet. Kostet noch mal Geld.“

„Verstehe“, murmelte Tina vor sich hin.

„Vor allem haben diese Ämter meist nur einen geringen Etat für diese Arbeiten. Und zuwenig Personal. In meinem Buch steht, daß deshalb Funde aus der Bronze- und Jungsteinzeit oder auch aus älteren Zeiten tonnenweise in Kellern oder auf Speichern rumliegen, um gesichtet und katalogisiert, repariert und gereinigt zu werden.“

„Leuchtet mir ein“, erklärte Toffie.

„Dann haben wir also jetzt Hügelgräber entdeckt, die genaugenommen wertlos sind?“ fragte Tina enttäuscht.

„Mal sehen“, antwortete Pimo. „Wir werden mal checken, welchen Wert ihnen die Behörden geben.“

*

Am nächsten Tag fuhren sie nach dem Mittagessen zu dem Bauern, dem das Stoppelfeld und auch einige der umliegenden Felder gehörten. Er war ein freundlicher, dicker Mann, der die interessante Botschaft, die ihm die Schüler überbrachten, nur als Spaß auffaßte.

„Nein, dort gibt's keine Hügelgräber“, erklärte er lachend. „Ich kenne das Feld, bin doch schon Hunderte Male mit dem Traktor darübergefahren.“

„Aber die Erhebungen sind so flach, daß man sie mit bloßem Auge fast nicht wahrnehmen kann“, rief Tina erregt.

Der Bauer schüttelte den Kopf. „Nein, ganz sicher. Hügelgräber gibt's auf meinem Feld nicht.“

„Dürfen wir denn auf eigene Faust ein bißchen graben?“ fragte Pimo.

„Wird euch nichts helfen. Denn nächste Woche wird gepflügt und neu angebaut.“

„Sie pflügen einfach darüber?“ rief Toffie Berger entsetzt. „Über diese Erhebungen?“

Der Bauer lachte. Ihm machte das Gespräch sichtlich Spaß. „Ich tu nur das, was unsere Familie schon seit Jahrzehnten tut, Kinder. Und jetzt laßt mich in Frieden. Habe genug anderes zu tun.“

Enttäuscht wandten sich Tina, Toffie und Pimo ab. Da hatten sie also ganz offensichtlich Hügelgräber aus der Steinzeit oder Bronzezeit entdeckt, und bereits der erste, dem sie ihre faszinierende Entdeckung preisgaben, hielt alles nur für Phantasieprodukte von Halbwüchsigen.

Ihre Enttäuschung wuchs noch mehr, als sie ihre Entdeckung im Rathaus vortrugen.

Der Gemeindeangestellte wimmelte sie regelrecht ab. „Grabt mal schön in eurem Garten“, schlug er vor. „Vielleicht gibt's da auch was zu finden.“

Als Tina empört protestierte, klingelte das Telefon, und der Mann nahm den Hörer ab. „Moment“, sagte er. Dann führte er ein zehnminütiges Telefonat.

Als er endlich fertig war, fragte er zerstreut: „Was gibt's? Weswegen seid ihr eigentlich gekommen?“

„Wegen des Fundes. Wegen der Hügelgräber!“ rief Toffie etwas erbost.

„Wie hoch sind denn diese Hügel?“ fragte der Mann.

„Vielleicht zehn Zentimeter.“

„Zehn Zentimeter?“ Der Mann beugte sich an seinem Schreibtisch vor und starrte Toffie entgeistert an. „Und das nennst du einen Hügel?“

„Die Hügel sind eingeebnet worden. In vielen Jahren. Durch Wind und Wetter. Und vor allem durch das Bearbeiten des Feldes.“

„Nein, Kinder, das könnt ihr mir nicht weismachen. Wenn es solche Grabhügel gäbe, wüßte ich als allererster davon. Das könnt ihr mir glauben ...“

*

Abgeblitzt. Tina, Toffie und Pimo ärgerten sich, als sie das Rathaus verließen. Es war zu dumm. Mit neunundneunzigprozentiger Sicherheit hatten sie eine archäologische Entdeckung gemacht. Und niemand wollte etwas davon wissen.

„Kommt, wir rufen bei mir zu Hause das Landesamt für Denkmalpflege an“, schlug Toffie vor. „Mal sehen, was die dazu sagen. Das sind ja immerhin Profis.“

„Toffie hat recht“, stimmte Pimo zu.

Im Hause der Bergers nahm Toffie gleich das Telefon an seinem langen Kabel die steile Stiege mit hinauf in sein Zimmer. Dann rief er die Auskunft an und ließ sich die Rufnummer durchgeben.

Schließlich drückte er die Tasten. Es tutete. Dann meldete sich eine weibliche Stimme. Toffie bat darum, mit einem Fachmann für Hügelgräber verbunden zu werden.

„Schreibt ihr ’nen Aufsatz über Hügelgräber?“ fragte die Frau.

„Nein, wir schreiben keinen Aufsatz über Hügelgräber“, antwortete der Junge leicht gereizt.

„Moment."

Endlich stellte sie eine Verbindung her. Ein der Stimme nach jüngerer Mann meldete sich. Er hieß Wohlfahrt. Geduldig lauschte er Toffies Erzählung. Dann sagte er zur Überraschung des Jungen: „Klingt hochinteressant. Wie heißt eure Stadt?"

„Astheim."

„Wir schicken jemanden und prüfen das."

Toffie war zunächst ganz baff. „Sie wollen wirklich jemanden schicken?" fragte er atemlos.

„Natürlich. Der Hinweis klingt plausibel. Und wir müssen ihm nachgehen. Vielleicht komme ich selber zu euch raus. Gib mir mal deine Adresse."

Toffie nannte ihm die Adresse und die Rufnummer.

„Okay", sagte der Mann. „Ich melde mich in den nächsten Tagen."

*

Frank Wohlfahrt kam drei Tage später in einem rostigen VW-Käfer nach Astheim. Er war ein junger Mann Anfang Dreißig, mit dunklen Locken. Von Beruf war er Assistent des Kreisarchäologen.

Verabredungsgemäß meldete er sich bei Toffie. Dann fuhren er, Tina, Pimo und Toffie in seinem Wagen zu dem Stoppelfeld hinaus.

Wohlfahrt begutachtete das Feld sehr genau, und es war interessant, ihm dabei zuzusehen. Das Licht der tiefstehenden Sonne ließ diesmal die runden Muster im Feld kaum wahrnehmbar hervortreten. Einige dieser Scheiben waren überhaupt nicht zu sehen.

Der dunkelhaarige Mann zuckte zweifelnd die Schultern.

„Was halten Sie davon?" fragte Toffie ihn.

„Schwer zu sagen", antwortete er.

Mit einem Spaten prüfte er die Beschaffenheit des Erdbodens. Er kniete nieder und ließ die Erde prüfend durch seine

Finger rinnen. Das Ergebnis schien seine Zweifel zu bestätigen.

„Ich glaube nicht, daß man hier Hügelgräber findet“, sagte er schließlich, während er sich erhob.

„Warum glauben Sie es nicht?“ erkundigte sich Tina verwundert.

„Der Boden ist zu trocken. In solchem Erdreich werden Höhlengräber nicht gefunden. Solche Gräber gibt es eigentlich nur in rein lößhaltigen Böden, die die archäologisch interessanten Einschlüsse wie Schnecken, Skelettreste oder auch Grabbeilagen über lange Zeit hinweg konservieren. Diese Böden hier aber bestehen aus verschiedenen Arten von Erde.“

„Aber diese kreisförmigen Erhebungen deuten doch eigentlich darauf hin, daß hier einmal Hügelgräber waren“, argumentierte Pimo.

Wohlfahrt verzog zweifelnd das Gesicht. „Nicht unbedingt. Sie können auch zufällig in früheren Jahrzehnten durch eine ganz bestimmte Methode der Ackerbebauung entstanden sein.“

Er zuckte die Achseln, lächelte entschuldigend. Es schien ihm selber leid zu tun, seine jungen Freunde enttäuschen zu müssen.

„Wollen Sie nicht wenigstens eine Luftaufnahme von dem Feld machen lassen?“ bohrte Pimo noch.

Er schüttelte den Kopf. „Das würde nichts bringen. Ganz primitiv gesprochen, gibt es für uns noch mindestens hundert andere Projekte, an denen wir dringend graben müßten. Alte Gewölbe, Burgmauern, im Unterbau historischer Kirchen oder in Klöstern. Doch uns fehlen ganz einfach die Mittel dazu.“

„Also können wir unsere Entdeckung vergessen?“ fragte Tina direkt. Ihre braunen Augen funkelten ungläubig.

Wohlfahrt lächelte. „Ich mache für unser Amt eine Notiz von eurer Entdeckung. Sie bleibt auf jeden Fall registriert. Versuchsgrabungen könnten wir hier allerdings frühestens in dreißig Jahren machen. Aber..." Er zögerte. Dann fügte er noch hinzu: „Vielleicht veranlaßt euch eure Entdeckung, euch mehr mit Archäologie oder mit der Bronze- und Steinzeit zu befassen. Dann habt ihr ebenfalls davon profitiert."

„Hätten Sie was dagegen, wenn wir auf eigene Faust graben?" fragte Toffie.

„Nein. Aber vielleicht hat der Besitzer dieses Feldes etwas dagegen."

Er brachte Tina, Pimo und Toffie nach Astheim zurück. Als er sich verabschiedete, fragte Toffie noch: „Und Sie möchten nicht mal Luftaufnahmen von dem Feld machen lassen?"

Wohlfahrt schüttelte den Kopf. „Nicht im Augenblick. Vielleicht sehr viel später. In vielen Jahren." Er wurde ernst und fügte hinzu: „Was tief im Boden liegt, geht nicht verloren. Und spätere Generationen von Altertumsforschern brauchen auch noch was zum Buddeln."

Freundlich reichte er allen dreien die Hand. Dann setzte er sich in seinen alten VW und fuhr los.

2. Tina, Toffie und Pimo graben auf eigene Faust

Am Samstag war schulfrei. Tina, Toffie und Pimo trafen sich um zehn Uhr an der Prillbrücke und fuhren dann mit dem Fahrrad zu ihrem Feld hinaus.

Sie stellten erschrocken fest, daß es umgepflügt war. Von irgendwelchen Mustern im Boden oder gar Erhebungen war nichts mehr zu erkennen. Das Feld bot sich ihren Blicken vollkommen eben dar.

„Tja, aus und vorbei“, stellte Tina trocken fest. „Jetzt können wir die Sache endgültig vergessen.“

„Und wohl ebenso die Bücher über Ausgrabungen, die wir uns in der Stadtbibliothek besorgt haben“, fügte Toffie enttäuscht hinzu.

Sie schlenderten über das Feld in den angrenzenden Laubwald hinein. Er bestand vorwiegend aus Buchen und Eichen, war durchsetzt mit einzelnen Eschen.

Vögel zwitscherten. Ein leichter Wind bewegte die Wipfel der Bäume.

„Wenn man sich vorstellt, wie das hier früher mal alles ausgesehen hat“, murmelte Pimo geheimnisvoll, mit dem die Phantasie wieder einmal durchging. „Früher war hier alles Wald. Hunderte Kilometer nichts als Wald.“

„Dann gab es eine Lichtung“, fuhr Toffie fort. „Und in die brachten die Menschen ihre Toten, um sie beizusetzen.“

Sie wußten genau, wie Hügelgräber entstanden waren, denn sie hatten es in ihren Sachbüchern studiert.

„Solche Friedhöfe existierten über viele Jahrhunderte hinweg“, sagte Tina fast andächtig. „Dort, wo ihre Toten lagen, brachten die Menschen jahrhundertelang weiterhin ihre Toten hin. Sie gruben neue tiefe Löcher in die bereits vorhandenen Hügel und bestatteten ihre Leichname darin. Auf diese Weise wurden die Grabhügel höher und höher.“

„Irgendwie läuft's mir eiskalt den Rücken hinunter, wenn ich daran denke", sagte Pimo.

Zwischen den Bäumen hindurch sahen sie auf das in der Sonne liegende frisch gepflügte Feld hinaus.

„Sie kamen von weit her", sagte Toffie, so leise, daß das Rauschen in den Kronen der Bäume fast seine Worte übertönte. „Aus Entfernungen bis zu hundert Kilometern oder mehr. Gerade so, als wollten sie, daß alle Menschen wenigstens im Tod beisammen und nicht allein sein sollten."

„Merkwürdiger Gedanke", fügte Tina hinzu.

Plötzlich sagte Pimo: „Wenn hier früher alles dichter Wald war, dann hat es doch wohl vor fünfhundert Jahren diesen Acker noch nicht gegeben, oder?"

Toffie fixierte ihn erstaunt. „Was willst du damit sagen?"

„Denk doch mal logisch, Toffie. Früher hat es das Feld nicht gegeben. Und diesen Wald hier auch nicht, der ja höchstens hundertfünfzig Jahre alt ist. Früher war das Feld eine große Lichtung im Wald. Ein Hain. Denn sonst hätte es ja keine Grabhügel gegeben."

„Worauf willst du hinaus?" Tina sah ihn an.

„Daß es doch durchaus sein kann, daß der Waldboden, auf dem wir gerade stehen, ebenfalls Teil dieses Friedhofs war. Daß unter unseren Füßen auch Grabhügel sind. Nur daß man sie mit bloßem Auge nicht mehr erkennen kann."

„Pimo hat recht", konstatierte Toffie überrascht. „Wer sagt uns, daß hier im Wald nicht auch Grabhügel sind?"

„Es ist sogar wahrscheinlich", fügte Tina erregt hinzu. „Denn zu diesem Waldstück hin, in dem wir stehen, verdichten sich diese scheibenförmigen Muster und leichten Erhebungen."

Toffie sank in die Knie. Sein Blick prüfte konzentriert den von altem Laub bedeckten und von Sonnensprenkeln belebten Waldboden. „Genau so ist es", murmelte er aufgeregt.

„Aber wie finden wir die Hügel im Wald?" fragte Pimo, der sich jetzt neben Toffie kniete. „Es wäre toll, wenn wir nur einen einzigen entdecken könnten. Denn hier im Wald könnten wir völlig ungestört buddeln und graben, solange wir wollen. Wir wären sogar vor neugierigen Blicken geschützt."

„Das stimmt", sagte Tina. Auch von ihr hatte das Verlangen längst schon Besitz ergriffen, hier nach den uralten Gräbern zu forschen.

„Der Computer muß uns wieder mal helfen", erklärte Toffie und richtete sich auf. „Wenn das Feld geeggt und frisch besät ist, werden sich die kreisförmigen Strukturen noch einmal für wenige Tage abzeichnen. Dann vermessen wir sie. Die Daten speisen wir in den Computer ein. Vielleicht kann er uns durch Kombination andeuten, in welcher Form und Vielfalt sich andere Hünengräber in diesen Wald hinein fortpflanzen."

*

Sie konnten den Zeitpunkt kaum erwarten, an dem der Acker wieder glatt eingeebnet dalag. Als es soweit war, regnete es leicht. Im trüben Tageslicht zeichneten sich die Erhebungen nicht mehr ab.

Dann aber verschwanden die Wolken über Nacht. Und während sich nahezu sämtliche Schüler Astheims ins Schwimmbad stürzten, fuhren Tina, Toffie und Pimo in einem Zustand erregter Erwartung zu ihrem Feld hinaus.

Wie erwartet, waren die sanften Erhebungen gut zu erkennen – aber nur von der leichten Anhöhe jenseits des Lehmweges aus.

Tina nahm diesen Beobachtungsposten ein und kommandierte mit ihrer hellen Stimme die beiden Freunde, die mit einem Bandmaß die einzelnen Hügel vermaßen.

Es dauerte zwei Stunden, dann hatten sie in Form von Notizen eine präzise Aufzeichnung des Feldes. Zu Hause konnten sie diese auswerten und verfügten dann über ein Ergebnis, das dem Dokument einer Luftaufnahme der Gräber gleichkam.

Es war eine gute Grundlage, um weiterzuarbeiten.

Toffie tippte in seinem Mansardenzimmer die einzelnen Fakten in seinen Computer ein. Er gab auch Planquadrate ein, genau einen Meter mal einen Meter groß.

Der Drucker lieferte schließlich auf Befehl eine genaue Auflistung der Hügelumrisse, versehen mit der genauen Zuordnung auf die entsprechenden Planquadrate.

Das sah zum Beispiel so aus: Hügel alpha, Durchmesser 4 Meter 12, ellipsenförmig abweichend, Planquadrat CCA bis CBF 275. Höhe ca. 7 cm.

Toffie bemühte sich, dem Computer zu entlocken, in welcher Weise sich die Gräber in den Wald hinein fortsetzten. Doch er kam dabei nur zu einem ungefähren und eigentlich unbefriedigenden Ergebnis.

„Sicher ist jedenfalls, daß sich in diesen sechzehn Feldern des Waldrasters ein oder mehrere Grabhügel befinden müssen." Er reichte den Computerausdruck an Tina und Pimo weiter und wies dabei mit der Spitze eines Kugelschreibers auf die entsprechenden Rasterquadrate. Dann zog er den Blendschirm, den er bei Arbeiten am Computer fast immer über den Augen trug, ab und schaltete den Computer aus.

„Dann werden wir an dieser Stelle graben", schlug Tina vor. „Möglichst an einer Stelle, an der die Bäume in größerem Abstand voneinander stehen. Damit wir uns nicht durch zuviel Wurzelgeflecht hindurcharbeiten müssen."

„Stimmt genau", erklärte Toffie.

*

Am folgenden Tag zogen sie schon früh zu ihrem Waldstück hinaus, zu einer Zeit, als es noch nicht zu warm war. Ihre Fahrräder legten sie dort ab, wo der Lehmweg den Wald durchschnitt. Dann trugen sie ihr Werkzeug am Waldrand entlang zu der Stelle, an der sie zu graben beabsichtigten.

Sie hatten Spitzhacken, Schaufeln und einen zusammenklappbaren Spaten dabei.

Eine größere Diskussion über den Ort ihrer Ausgrabungen

gab es nicht. Denn eine ganz bestimmte Stelle bot sich von allein an. Sie lag nur etwa zehn Meter von dem freien Feld entfernt, zwischen zwei mächtig aufragenden Buchen. Es war ein kleiner Hain – oder besser gesagt: eine lichte Stelle, kreisförmig von Bäumen umgeben, mit einem Durchmesser von rund fünf Metern.

Um diese Zeit fielen noch die Schatten ein. Mittags aber, wenn die Sonne im Zenit stand, war dieser Ort die einzige sonnenbeschienene Waldstelle.

Sie begannen sofort zu graben, machten innerhalb weniger Minuten eine fast sensationelle Entdeckung. Unter einer Schicht dunkleren Waldbodens zeigte sich helle Erde.

„Sieh mal", rief Tina überrascht. Sie nahm eine Handvoll dieser Erde auf.

„Löß", erklärte Toffie.

Es war eine gelblich-helle Erde, locker und gut zerreibbar. Ganz deutlich erkannten sie die feinen Quarzkörnchen mit den winzigen Splittern von Mineralien.

„Das müßte Herr Wohlfahrt sehen", brummte Pimo interessiert.

Sie begannen jetzt schneller zu graben. Es war lediglich eine Probegrabung zu dem Zweck, die Tiefenstruktur des Bodens zu entschlüsseln. Doch selbst in einer Tiefe von etwa siebzig Zentimetern zeigte sich keine weitere Erd- oder Gesteinsschicht.

Die Sonne fiel ein. Sie machten Pause.

Tina öffnete ihre kleine Tasche und reichte Limonadedosen an Toffie und Pimo weiter.

In diesem Augenblick hörten sie Motorengeräusch.

Pimo erhob sich und tat die wenigen Schritte zum Waldrand. „Ein Auto!" rief er den anderen zu.

Es war nicht unbedingt überraschend, daß dort drüben auf dem Lehmweg ein Auto fuhr. Aber Pimo mutete es seltsam an, daß es an der Stelle hielt, an der sie ihre Fahrräder abgelegt hatten.

Zwei Männer saßen in dem Fahrzeug, einem recht betagten großen Ford. Ihre Gesichter konnte er nicht erkennen. Doch sekundenlang stieg Angst in ihm hoch, die beiden Männer könnten es auf ihre Fahrräder abgesehen haben.

Schließlich aber empfand er Erleichterung, als das Motorengeräusch anschwellte und sich das Auto entfernte und ganz verschwand.

„War nur ein Auto", meldete er, während er sich wieder zu den anderen auf den grasbewachsenen Boden der kleinen Lichtung setzte.

Irgendwie war der Tatendrang der drei Freunde für Minuten gebremst. Sie waren gestört worden. Das schöne an ihrer Arbeit war die Einsamkeit gewesen, die Verbundenheit mit der Natur und mit ihrer wissenschaftlichen Arbeit.

Nun fürchteten sie, daß diese Arbeit womöglich nicht immer so ungestört bleiben würde wie bisher. Daß es Menschen geben konnte, die an ihren Grabungen Anstoß nahmen oder die dafür Neugier entwickelten. Mehr als einmal spähte jetzt Tina mit sorgenvoll gefurchter Stirn in den Wald hinein.

Aber von jetzt an blieben sie für den Rest dieses Vormittags ungestört.

Sie hatten lange, schwere Zimmermannsnägel mitgebracht, die sie ins Erdreich trieben. In Abständen von genau zwei Metern. Von Nagel zu Nagel spannten sie eine dünne Schnur. Auf ihrem Strukturplan zeichneten sie dieses Gebiet mit dem Lineal ein.

Es war die Fläche, auf der sie zuerst die Erdschicht Zentimeter um Zentimeter abtragen wollten. Genau so, wie es Wissenschaftler bei ihren Ausgrabungen auch taten.

Erst entfernten sie die Rasendecke, bis sie ein scharf gezeichnetes Viereck brauner Erde vor sich hatten. Dann begannen sie an einer Stelle, die dunkle Erde mit kleinen Schaufeln abzutragen, bis der helle Lößboden zum Vorschein kam.

Bis Mittag hatten sie diese helle Fläche in dem gesamten Viereck freigelegt.

Damit war ihre Arbeit für diesen Tag beendet. Sie standen da, sahen auf ihr Werk hinab. Es gab nicht viel zu sehen. Nur vier silbern im Sonnenlicht schimmernde Nägel, unter deren Köpfen von Nagel zu Nagel die Schnur gespannt war.

Aber es war ein Anfang, so wie er für eine saubere archäologische Arbeit wichtig war.

„Okay, wir machen Schluß für heute", sagte Toffie.

Als sie ihr Werkzeug und ihre mitgebrachten Taschen auf die Fahrräder luden, sagte Tina: „Papa ruft morgen beim Forstamt an und holt sich die Erlaubnis, daß wir weitergraben dürfen."

„Meinst du, das klappt?" fragte Pimo.

„Ganz sicher." Tinas Vater war mit dem Leiter des Forstamts, das den Laubwald verwaltete, sehr gut befreundet. Sie waren zusammen zur Schule gegangen, hatten später auf der selben Universität studiert. Sie hatten auch schon über das Vorhaben der drei Schüler gesprochen. Und der Leiter des Forstamts hatte dabei zu erkennen gegeben, daß er im Prinzip keine Einwände gegen die Pläne der jungen Amateur-Archäologen hatte.

Als Tina auf ihrem Fahrrad saß, spähte sie wieder in alle Richtungen.

„Was ist los, Tina?" fragte Toffie erstaunt.

„Ich weiß nicht, dieses Auto..." Sie zögerte.

„Was soll damit sein? Es war irgend jemand, der eben zufällig vorbeigekommen ist. Es ist immerhin ein öffentlicher Weg."

„Ist es nicht, Toffie", widersprach Pimo. „Der Weg ist für den öffentlichen Verkehr gesperrt."

„Nun ja, dann hat sich eben jemand hierher verirrt."

Auch Toffie stieg aufs Rad. Irgendwie störte ihn jetzt die Anwesenheit dieses Autos auch. Und er hoffte, daß sich in Zukunft nicht zu viele Neugierige einfinden würden, die begierig darauf waren, herauszufinden, wonach sie hier eigentlich buddelten.

*

Tina, Toffie und Pimo setzten ihre Ausgrabungen in den folgenden Tagen fort. Zentimeter um Zentimeter trugen sie den hellen Löß ab. Dabei benutzten sie Kinderschaufeln, Spachteln und Drahtbürsten.

Keiner von ihnen war so verwegen zu glauben, daß sie schnell auf einen sensationellen Fund stoßen würden. Aber wenn sie schon an ihrem Planquadrat arbeiteten, dann wollten sie es auch mit wissenschaftlicher Akribie tun.

Obwohl es nur eine einfache Arbeit war, lernten sie doch sehr daraus. Denn nebenbei studierten sie jetzt Bücher über die Jungstein- und Bronzezeit. Dabei entfaltete sich ihnen der Zauber dieser Zeit mehr und mehr.

Sie erfuhren, daß damals Schmuckhändler von weit her unterwegs gewesen waren, um den Menschen Armreife, Ringe oder Anstecknadeln aus Bronze zu verkaufen. Auf geheimen Pfaden in finsteren Wäldern unternahmen diese Männer lange Fußmärsche, im Rucksack ihre Habe und ihren Schmuck. Sie mußten sich vor der oft unbarmherzigen Witterung schützen, hatten gegen wilde Tiere wie Bären und Wölfe zu kämpfen – und nicht zuletzt gegen Wegelagerer, die ihnen auf ihren Märschen auflauerten.

„Tolles Leben, so als Schmuckhändler damals“, sinnierte Pimo, dessen Phantasie während der Ausgrabungen ständig mit ihm durchging. Pimo lebte manchmal mehr in der Bronzezeit als in der Realität.

*

Bald war ihr Rechteck auf eine Tiefe von genau zweiundzwanzig Zentimetern sauber und eben abgetragen. Doch noch immer hatte Toffie kaum Gelegenheit, seinem Computer besondere Erkenntnisse einzuspeisen.

Einmal stießen sie auf einen Stein, den sie aufgeregt freilegten, in der Hoffnung, da käme jetzt vielleicht irgendeine Grabbeigabe zum Vorschein.

Dann wieder lief es ihnen gruselig über den Rücken, als sie auf etwas Knochenförmiges stießen. Sie bürsteten den Gegenstand frei, bis er rund fünf Zentimeter aus dem Löß nach oben zeigte.

„Ein Finger!“ stöhnte Pimo entsetzt. „Der Finger eines Toten!“

„Blödsinn!“ knurrte Toffie ihn an. „Hast du schon mal einen Finger gesehen, der wie ein Wurzelstrunk aussieht?“

„Vielleicht hatten die Leute in der Steinzeit solche Finger. Warum nicht, Toffie? Du hast einfach mal wieder überhaupt keine Phantasie. Das ist es.“

„Laß den Quatsch“, schimpfte Tina und funkelte Pimo zornig an. „Du hast wirklich total ’n Rad ab.“

Sie legten den Gegenstand frei. Er erwies sich schließlich als Teil eines abgebrochenen Astes.

*

Dann begann es zu regnen. Und als Tina, Toffie und Pimo wieder einmal ihre Ausgrabungsstelle aufsuchten, sahen die den Fußabdruck. Entsetzt starrten sie darauf nieder, während der warme, feine Sommerregen auf sie niedersank.

„Es war jemand da“, sagte Toffie leise und erschrocken.

„Ein Mann. Schuhgröße etwa vierundvierzig“, fügte Pimo hinzu. „Derbes Schuhwerk. Kein besonders eleganter Typ.“

Pimo versuchte, die Sache irgendwie scherzhaft hinzudrehen. Aber ihm selbst war komisch zumute.

Mit einem Schlag gehörte dieser Ort, an dem sie mit soviel Begeisterung und Hingabe gegraben hatten, nicht mehr ihnen allein. Es gab einen Unbekannten, der wußte, was sie hier taten. Und der ihnen nachspürte.

„Vielleicht war jemand vom Forstamt da“, fragte sich Toffie.

Tina schüttelte den Kopf. „Es gibt dort nur wenig Personal. Und die wissen alle, daß man auf diesem Viereck nicht einfach rumtrampeln darf.“

„Außerdem ist das Quadrat mit Schnüren abgesteckt“, fügte Toffie hinzu. „Jeder einigermaßen intelligente Mensch erkennt sofort, daß dieses Viereck umspannt und abgesperrt ist.“

„Also ist der Mann nicht nur derb, sondern auch dumm“, urteilte Pimo. „Jetzt können wir verdammt nur hoffen, daß er uns in Ruhe läßt.“

Irgendwie war ihre Stimmung gedrückt. Als sie später zu ihren Fahrrädern gingen, gab es noch eine unliebsame Überraschung: frische Reifenspuren auf dem Lehmweg.

Eine Weile verharrten sie im Regen, unschlüssig, was sie tun sollten. Toffie ging in die Knie, um die Spuren zu vermessen. Er nannte Tina die einzelnen Daten des Reifenprofils, Reifenbreite, Stollenabstände. Sie fertigten eine Zeichnung an.

Auch diese Angaben, ebenso wie die Daten über den Fußabdruck, wollte Toffie auf Diskette speichern, um sie möglicherweise abrufen zu können, wenn die Information schnell benötigt wurde.

„Ich weiß nicht, aber irgendwie ist mir mulmig zumute“, sagte Tina leise. „Ich habe ein komisches Gefühl. So, als würden wir belauert.“

Sie ließen ihre Blicke schweifen. Das Feld und der das Feld umschließende Wald lagen völlig still da. Zu hören war nur das Zwitschern der Vögel und das feine Rauschen des niedersinkenden Regens.

„Okay, laßt uns fahren“, schlug Toffie vor.

3. Zwei Bösewichter treten auf den Plan

Pit Keule steuerte den alten Ford langsam durch eine der Villenstraßen von Astheim. Währenddessen prüften er und sein Beifahrer Bisam unablässig die Häuserfronten, die Zäune und vor allem die Fenster und Haustüren.

„Alles verriegelt und vergittert“, schimpfte Keule vor sich hin. Er war ein bulliger Mann mit dunklem Haar und Vollbart.

„Alle haben sie jetzt diese verdammten Sicherheitsschlösser dran“, knurrte Bisam, der deshalb so hieß, weil er einer Bisamratte sehr ähnlich war. Er war klein, hager, hatte fettiges blondes Haar und über den stets entblößten Zähnen einen rötlichen Schnauzbart.

„Was waren das noch für Zeiten, als man jede zweite Haustür mit 'nem Dietrich aufmachen konnte, was, Keule?“

„Kann man wohl sagen“, brummte Pit Keule unwirsch.

Er sah auf den Benzinanzeiger am Armaturenbrett. „Wird verdammt Zeit, daß wir zu Geld kommen, Bisam. Der Sprit wird auch schon wieder alle.“

„Was hältst du davon, wenn wir die Sparkasse am Hauptplatz überfallen? Es sind nie mehr als drei Mann Personal drin. Und der Fluchtweg hinten übern Stadtpark ist günstig.“

„Bist du verrückt?“ herrschte Keule ihn an. „Ich will mit Bankraub nichts zu tun haben. Sehe ich etwa aus wie ein Schwerverbrecher?“

„Das gerade nicht“, antwortete Bisam etwas ängstlich, obwohl Pit Keule tatsächlich eine richtige Verbrecherfigur abgab.

„Nichts gegen 'nen legalen Einbruch, Bisam. Das ist 'ne anständige Sache. Man knackt eine Tür, klaut einen Teppich und ein bißchen Schmuck und verschwindet wieder. Da kann einem wirklich niemand was Böses nachsagen. Aber einen Bankraub? Nee, nicht mit mir.“

Der alte Ford rollte weiter.

„Guck mal da“, sagte Pit Keule. „Das Haus mit dieser Maulwurfswiese davor. Siehst du, was ich auch sehe?“

„Die alte Haustür mit dem Schloß aus dem frühen Mittelalter?“

„Genau, das meine ich.“

„Hübsches altes Haus. Da gibt’s bestimmt was zu holen. Mich stört nur eines.“

„Und was ist das, Bisam?“

„Daß keine Wäsche draußen hängt. Wo Wäsche hängt, ist ’ne Frau im Haus. Frauen sind nie so gefährlich wie Männer.“

„Ist doch egal", erwiderte Keule. „Wenn man das Ding nachts knackt, spielt's keine Rolle, ob ein Mann im Bett liegt und pennt oder 'ne Frau. Dieses Ding werden wir uns mal vormerken."

Keule steuerte den Wagen weiter.

Dann sagte er: „Ich möchte nur wissen, was diese Kinder dort hinten im Wald zu buddeln haben. Das geht doch nicht mit normalen Dingen zu! Was sagst du?"

„Kommt mir schon merkwürdig vor."

„Die haben doch irgendwas zu verbergen. Verstecken sich

im Wald und buddeln im Boden rum. Welcher anständige Mensch tut denn so was?"

„Möcht' ich auch wissen."

„Es gibt immer wieder Gesindel auf der Welt, das auf illegale Weise versucht, zu irgendwas zu kommen. Ich finde, diesen Leuten gehört das Handwerk verboten. Und diese Kinder machen da irgendwas, was verboten ist. Ich finde, wir sollten mal hinausfahren und nachgucken, wie weit sie mit ihrem seltsamen Loch sind."

„Wir waren lange nicht mehr dort, Keule."

Pit Keule lenkte den Wagen aus Astheim heraus und über die brüchige Asphaltstraße in den Wald.

Diesmal stellte er den Wagen in größerer Entfernung von der Stelle ab, wo die Fahrräder lagen. Sie stiegen aus und pirschten sich durch den Laubwald vor, bis sie das freie Feld vor Augen hatten.

„Vorsicht, Bisam", flüsterte Keule.

Die beiden Männer gingen auf die Knie und schlichen in der Deckung der dichtstehenden Bäume näher an den Ausgrabungsort heran.

„Halt!" kommandierte Keule im Flüsterton.

Nun konnten sie zwischen den Bäumen hindurch die drei jungen Menschen sehen.

Das Mädchen stand in einer Grube, nur ihr Oberkörper ragte heraus.

„Sie sind verdammt weit in die Tiefe gekommen", flüsterte Bisam.

„Ich würde fünf Liter Benzin abgeben, wenn ich nur wüßte, was die da zu suchen haben", raunte Pit Keule.

Angestrengt versuchten sie den Stimmen der drei zu lauschen. Aber sie fingen nur Wortfetzen auf, die sie zu keinem Satz zusammenreimen konnten.

„Wenn nur diese verdammten Vögel nicht so laut zwitschern würden", schimpfte Keule leise.

„Psst, Keule."

Sie beobachteten, wie die beiden Jungen und das Mädchen ihr Gerät und ihre Taschen zusammenpackten.

„Sie gehen“, raunte Bisam.

Auf allen vieren schlichen sie vorsichtig zurück, um aus sicherer Entfernung abzuwarten, was geschah.

Minuten später hatten die drei jungen Leute die kleine Lichtung im Wald verlassen. Und noch ein paar Minuten später beobachteten Keule und Bisam, wie sie auf ihren Fahrrädern über den Lehmweg strampelten.

„Nur gut, daß wir das Auto in der anderen Richtung versteckt haben“, kicherte Bisam.

„So, und jetzt laß uns mal gucken“, befahl Keule.

Sie betraten die Lichtung und standen verblüfft vor der Grabungsstätte.

Das Geviert war inzwischen vergrößert worden und nahm nahezu die gesamte kleine Lichtung ein. Auf ihr war die oberste Erdschicht abgetragen.

An einer Stelle jedoch führte jetzt ein etwa fünfzig Zentimeter breites Loch schräg in die Tiefe.

„Wirst du daraus klug, Keule?“ fragte Bisam verwundert.

Der bullige, dunkelhaarige Mann schüttelte den Kopf. „Sieht aus, als ob sie sich hier ein Lager bauten. Aber was zum Kuckuck sollen dann die Zimmermannsnägel und diese aufgespannten Schnüre!“

„Mich würde es nicht wundern, wenn wir es hier mit drei Verrückten zu tun hätten. Die kommen von weit her in diesen Wald und machen sich ein Vergnügen daraus, den Boden aufzugraben. An einem Sommertag, an dem alle anderen Kinder im Schwimmbad die Wasserrutsche bevölkern.“

„Nanu, was ist das denn?“ rief Keule plötzlich.

Er bückte sich und hob ein zerknittertes, von Erde beschmutztes Stück Papier auf. Mit größter Verblüffung starrte er auf ein abgedrucktes Foto.

„Gewandnadel, Bronzezeit, 34 cm lang, 46 Gramm schwer“, las er.

Abgebildet war eine seltsam geformte Nadel, die an ihrem Ende spiralenförmig auslief.

„Was zum Teufel ist das nur?“ fragte Keule verwundert.

Die Rückseite des Blattes war unbedruckt.

„Weißt du, was die hier machen?“ sagte Bisam. „Die buddeln nach so altem Zeug. Die haben rausgekriegt, daß dort unten was verborgen ist, was verdammt wertvoll ist, und das wollen sie jetzt rausholen.“

„Ich sagte ja, das geht hier nicht mit rechten Dingen zu“, knurrte der finstere Pit Keule. „Ist ’ne alte Lebensweisheit, Bisam. Wer im Boden rumbuddelt, hat irgendwas zu verbergen. Entweder versteckt er was – eine Leiche oder die Beute aus einem Bankraub –, oder er gräbt ’ne Leiche aus, die er vorher vergraben hat. Und diese drei Kinder wissen ganz genau, weshalb sie hier im Wald buddeln, wo ihnen niemand zugucken kann.“

„Die suchen nach irgendwas aus der Bronzezeit. Wie lange ist die Bronzezeit denn her?“

Keule zuckte die Achseln. „Dreißig, vierzig Jahre bestimmt. Oder noch länger. Nur kann ich mich nicht daran erinnern, daß wir zu Hause so komische Nadeln gehabt hätten.“

„Also ist die Bronzezeit wohl doch schon länger her. Vielleicht zwei- oder dreitausend Jahre.“

„Bist du verrückt? Vor dreitausend Jahren gab’s doch noch keine Fotoapparate.“ Keule preßte den Zeigefinger gegen die Stirn. „Wie sollen die von ihren Gewandnadeln ein Foto machen, wenn es noch gar keine Fotoapparate gibt?“

„Auch wieder wahr“, stimmte Bisam nachdenklich zu. Er bewunderte Pit Keule immer wieder, weil dieser so logisch zu denken und kombinieren vermochte.

„Außerdem gab’s vor dreitausend Jahren noch keine Menschen auf der Erde“, fuhr Keule fort.

„Was denn ?“

„Affen. Der Mensch war damals noch ein Affe. Zottelig behaart, mit Armen, die fast bis zum Boden reichten.“

„Aber es gab doch schon diese alten Kulturen, Keule. Diese Ägypter, Chinesen und wie sie alle hießen."

„Glaubst du das im Ernst?" fauchte Keule ihn an. „Nun bist du seit mehr als zwölf Jahren volljährig und glaubst immer noch, was in diesen Büchern steht? Bisam, ich glaub' nur das, was ich sehen und fühlen kann. Und damit bin ich mein Leben lang verdammt gut gefahren. Zeig mir einen Menschen, der dreitausend Jahre alt ist. Wenn ich ihn sehen und fühlen kann, dann glaub' ich dran. Sonst nicht."

„Das kann ich natürlich nicht. Wo soll ich den denn hernehmen?"

„Na siehst du. Da hören nämlich deine Argumente auf. Bisam, du mußt dir angewöhnen, logisch und mit Köpfchen zu denken. Nur so hat man im Leben Erfolg."

„Du hast recht, Keule", stimmte Bisam zu. Gegen Pit Keules logisch aufgebauten Argumentationen war einfach nichts einzuwenden.

„Die haben ein ganz bestimmtes System beim Buddeln", murmelte Keule grübelnd. „Die wissen genau, wo das Zeug steckt. All die Goldbarren und Banknoten aus der Bronzezeit."

„Das Gefühl habe ich auch."

„Deshalb hat's auch gar keinen Sinn, wenn wir uns jetzt 'ne Planierraupe ausleihen und den halben Wald hier umpflügen."

„Das hat wirklich wenig Sinn."

„Was sagt einem also die Intelligenz, Bisam?"

„Weiß ich nicht."

„Die Intelligenz sagt, daß wir die Kinder weiterhin beobachten. Kapiert? Und wenn die den Plastiksack oder den Safe oder was immer es ist, aus dem Boden rausholen, wer steht dann vor ihnen?"

„Pit Keule und ich."

„Genau." Der bullige dunkelhaarige Mann grinste breit. „Mußt immer mit Köpfchen arbeiten, Junge. Laß die anderen buddeln und die Schwerarbeit verrichten. Und dann holen wir zur rechten Zeit unser Schießeisen aus dem Handschuhfach und stehen da.“

„Ganz genau, Keule“, sagte der kleine Mann mit dem fetten blonden Haar freudig erregt.

„Dann stehen wir mit unserem Schießeisen vor ihnen und sorgen für Recht und Ordnung. Indem wir diesen drei kleinen Gangstern ihre Beute abnehmen. Aber nun komm, Bisam. Laß uns für heute nach Hause fahren.“

*

Auf dem Weg zu ihrem Wohnwagen, in dem die beiden lebten, hielten sie noch vor dem Tante-Emma-Laden in der Siedlung jenseits des Friedhofs.

Das Geschäft gehörte einer schon betagten Frau, die gegen die Konkurrenz der Supermärkte mit Ach und Krach ihr Dasein fristete.

„Guten Tag, liebe Frau“, rief Keule mit gespielt herzlichem Lächeln, als er und Bisam den Laden betraten. „Schönes Geschäft haben Sie hier.“

Keule gab Bisam einen Rempler und wies mit dem Kopf auf das Regal, in dem die Weinflaschen standen.

„Vielen Dank“, antwortete die alte Dame lächelnd. „Leider kaufen nicht mehr sehr viele Leute bei mir ein. So ein Krämerladen hat eben keine Chance mehr gegen die großen Selbstbedienungsgeschäfte.“

Pit Keule verwickelte die Frau in ein Gespräch, während Bisam heimlich eine dicke Rotweinflasche vom Regal stahl und unter seiner Jacke versteckte. Keule ließ sich dann gönnerisch einen einzelnen Apfel abwiegen, während Bisam noch eine Dose Frühstücksfleisch und zwei Schachteln Zigaretten klaute.

„Macht fünfunddreißig Pfennige“, sagte die Frau.

Keule legte ihr die Münzen auf das Kassentischchen.

Wenig später saßen die beiden wieder im Auto.

„Hast du gehört, was die Frau gesagt hat, Bisam?“ schimpfte

PRODI

Keule, der das Fahrzeug lenkte. „Es kommen immer weniger Leute, um in solchen Tante-Emma-Läden einzukaufen. Ist das nicht eine Gemeinheit?“

„Das ist wirklich eine Gemeinheit“, stimmte Bisam zu.

„Die Leute haben heutzutage keine Moral mehr. Das ist es. Ist es denn nicht Pflicht eines jeden anständig gesinnten Menschen, daß man so ein altes Muttchen mit Einkäufen unterstützt?“

„Das ist es, Keule.“

„Manchmal glaube ich wirklich, es gibt nur noch schlechte Menschen auf der Welt.“

*

Keule und Bisam bewohnten den so ziemlich ältesten Wohnwagen der Welt.

„Hat's denn keinen besseren Rotwein gegeben als diesen billigen Fusel?“ herrschte Keule seinen Kumpan an, nachdem sie ihre Behausung betreten hatten.

„Das vielleicht schon, Keule“, antwortete Bisam verängstigt. „Aber dies hier war die dickste Flasche.“

„Verdammt noch mal, du Hornochse“, rief Keule wütend. „Dich kann man wirklich nicht zum Einkaufen schicken. Es ist dein gutes Recht als anständiger Staatsbürger, dir vorher die Preisschildchen genau anzugucken. Hast du kapiert?“

„Ja, ich habe kapiert.“

„Und dieses Fleischdöschen? Sollen wir etwa alle beide davon essen?“

„Tut mir leid, Keule...“

„Du bist ein hirnverbrannter Idiot“, wetterte Keule.

„Aber mir hat die alte Frau leid getan. Wirklich. Ich...“

„Leid? Wer tut dir denn noch alles leid? Tue ich dir etwa auch leid? Es war doch nichts Böses, was wir in dem Laden getan haben. Es war völlig legal.“

„Legal?“ fragte Bisam irritiert.

„Natürlich war es legal. Sieh mal. Es gibt doch eine Statistik. Weißt du was 'ne Statistik ist?"

„Das weiß ich."

„Also, laut Statistik wird in jedem Lebensmittel-Selbstbedienungsladen geklaut, klar? Ein halbes Prozent oder ein Zehntel Prozent geht immer heimlich an der Kasse vorbei. Das ist so, und das war schon immer so. Verstanden?"

„Das schon, aber..."

„Die einen Kunden gehören laut Statistik zu den Leuten, die an der Kasse zahlen. Und die anderen gehören zu denen, die eben nicht zahlen. Aber für beide gilt ein und dieselbe Statistik. Kapiert?"

„Ja, ich weiß nicht..."

„Bisam, glaub nur nicht, daß Pit Keule jemals was Verbotenes tut. Sehe ich etwa so aus?" Keule musterte sein fleischiges, finsteres Gesicht im Spiegel. „Nein, ich sehe nicht so aus. Meinst du, ich will so einem lieben, alten Weiblein was Böses antun? Nie und nimmer. Irgendwann gehe ich auch mal zu ihr rein und zahle an der Kasse. Dann bin ich eben ein Kunde von der anderen Seite der Statistik."

„Ach so, ich verstehe..."

„Es gibt nichts Schöneres im Leben, als ein ordentlicher und rechtschaffener Mann zu sein, Bisam. Ein Vorbild. Für alle. Das war ich immer, und das will ich auch bleiben. So, und nun wollen wir mal diese Rotweinflasche köpfen..."

*

Am selben Abend saßen Tina, Toffie und Pimo in Silvanos Eis- und Pizzabar am Stadtpark. Sie hatten gerade noch einen freien Tisch ergattert. Die Musikbox plärrte.

„Wißt ihr, was mich wundert?" sagte Toffie.

Tina und Pimo fixierten ihn neugierig.

„Warum ist da eigentlich eine Lichtung im Wald? Das verstehe ich nicht."

„Warum verstehst du das nicht?“ fragte Tina verblüfft.

„Es muß doch einen Grund dafür geben. Der Wald, der an das Feld angrenzt, erstreckt sich einen halben Kilometer weit. Ich bin gestern ein bißchen drin rumgestiefelt. Nirgendwo ist eine Lichtung. Nur an dieser einen Stelle.“

„Aber was soll das?“ Pimo runzelte die Stirn. „’ne Lichtung im Wald ist doch etwas ganz Normales.“

„Oder auch nicht.“

„Was zum Teufel willst du damit sagen?“

„Die Bäume in diesem Hain sind hundert Jahre alt oder vielleicht noch älter. Sie stehen in sauberer Ordnung da. Doch dann gibt es einen Fleck, wo offensichtlich Buchen oder Eichen nicht so recht gedeihen.“

„Meinst du etwa, sie gedeihen wegen der Toten nicht, die in der Bronzezeit dort begraben wurden?“ fragte Pimo.

„Nein, ich habe einen anderen Gedanken.“

„Dann schieß endlich los!“ drängte Tina neugierig.

„Ich glaube, daß wir genau dort, wo wir gerade buddeln, auf eine Höhle stoßen werden.“

„Du meinst, daß der Boden unter dieser Lichtung hohl ist?“ Tina starrte den Freund erschrocken an.

„Genau das meine ich.“

„Meinst du etwa, daß wir auf ein Höhlengrab stoßen werden?“ Pimo sah Toffie entsetzt an.

„Ja, das meine ich. Im Löß befinden sich solche Lößhöhlen häufig. Ich habe heute den Boden abgeklopft. Er klingt in tieferen Schichten anders als weiter oben.“

„Das wäre ja phantastisch, Toffie!“ rief Tina.

„Es ist phantastisch.“ Toffie nahm nachdenklich einen Schluck aus seinem Colaglas.

„Eine Lößhöhle!“ murmelte Pimo. Seine Phantasie regte sich wieder und gaukelte ihm die tollsten Visionen vor.

Er sah sich bereits in einer solchen finsteren Höhle, die sich weiter und weiter unter dem Waldboden verzweigte, dabei immer weiter in eine geheimnisvolle Tiefe führte.

Und dieses Höhlenlabyrinth war der Ort grausiger und höchst interessanter wissenschaftlicher Funde.

Toffie und Tina hätten Angst, höllische Angst. Sie würden nahe dem Eingang zur Höhle zurückbleiben. Er aber, Pimo, er würde weitersuchen, ganz allein – und ungeheuerliche Entdekkungen machen.

„He, Pimo, was ist mit dir los?" Tina stieß ihn am Arm. „Wovon träumst du denn diesmal wieder?"

Pimo schrak auf. „Von dieser Lößhöhle", antwortete der mittelblonde Junge gedankenverloren.

Daß seine Träume gar nicht so unrealistisch waren, das konnte Pimo Penk in diesem Augenblick nicht ahnen...

4. Der erste geheimnisvolle Fund

Der nächste Tag war ein Samstag. Das bedeutete schulfrei. Die drei Freunde waren schon früh zu ihrem Ausgrabungsort hinausgefahren. Sie hatten Proviant für den ganzen Tag mitgebracht. Alle drei empfanden eine wilde Erregung, als würden sie an diesem Tag eine sensationelle Entdeckung machen.

Und tatsächlich kam es auch so.

Behutsam legten Pimo und Tina in dem schräg in die Tiefe des Waldbodens vorgetragenen Stollen die Lößschichten frei. Toffie schabte und bürstete den abgetragenen Löß in einem Eimer und siebte ihn vorsichtshalber noch einmal auf den bereits aufgetürmten, etwa meterhohen Haufen.

„Sieh mal!" rief Pimo plötzlich.

Toffie und Tina schoben sich neben ihn.

Da zeichnete sich in dem Löß erstmals ein dunklerer Fleck ab, nicht größer als ein Bierdeckel. Die lockere Lößerde war braun verfärbt.

Aus ihren Büchern wußten Toffie, Tina und Pimo, was das bedeuten konnte: Oxydation eines Bronzegegenstands, der in diesem Löß steckte.

„Jetzt ganz behutsam weitergraben", kommandierte Toffie.

Mit feinen Bürsten wischte Tina den dunklen Löß ab. Und plötzlich kam etwas Hartes zum Vorschein.

„Ich werd' verrückt!" stöhnte Tina.

In fiebriger Erregung befreite sie den Gegenstand von der ihn umgebenden Erde. Dann nahm sie ihn zwischen Daumen und Zeigefinger und hob ihn hoch.

Es war ein Armreif, noch teilweise von krustiger Erde bedeckt, braun und stellenweise grünlich verfärbt. Er war sehr anmutig gestaltet, in tausend feinen Rechtecken gemustert, mit eingestanzten Pünktchen übersät.

„Wunderschön", murmelte Toffie hingerissen.

„Absolut sensationell", sagte Pimo.

Erst jetzt wurde ihnen die Ungeheuerlichkeit dieser Entdekkung bewußt. Bislang hatten sie ja stets nur ins Blaue hinein gebuddelt, vorangetrieben von einer unbestimmten Hoffnung.

Jetzt aber zeigte sich, daß sie hier tatsächlich auf Hügelgräber aus der Jungstein- oder Bronzezeit gestoßen waren.

„Ich habe immer gesagt, ich werde noch mal berühmt", stöhnte Pimo. „Kriegt man für so 'nen Ring eigentlich schon den Nobelpreis?"

„Pimo, quatsch in einem solchen Augenblick keinen Blödsinn!" bat Tina mit Nachdruck.

Sie setzten sich zwischen den Bäumen ins Gras. Tina wusch den Armreif mit einem Papiertaschentuch, das sie mit Mineralwasser befeuchtet hatte. Dann ließ sie ihn von Hand zu Hand gehen.

Toffie und Pimo betrachteten den Reif staunend und andächtig.

„Wie alt schätzt ihr das Ding?" fragte Toffie.

„Zweieinhalb- bis dreitausend Jahre", antwortete Tina.

„Dürfte hinkommen. Wenn man sich vorstellt, daß irgendein Mädchen vor so langer Zeit diesen Reif am Arm getragen hat", flüsterte Pimo.

„Streif ihn mal über, Tina", bat Toffie.

Tina schob den Reif über ihre schlanke Hand. Jetzt schaukelte der Bronzearmreif locker an ihrem Arm.

„Paßt", sagte sie. „Am liebsten würde ich ihn behalten."

„Du wirst ihn auch behalten", erklärte Pimo. „Toffie und ich schenken ihn dir. Als Beweis unserer Güte und als Zeugnis unserer Großmut."

„Danke." Tina funkelte Pimo spöttisch an.

„Vielleicht finden wir noch was anderes", sagte Pimo. „Komm, wir buddeln weiter. Mich hat das Goldfieber gepackt."

„Moment mal", raunte Toffie warnend.

Sie hielten inne und lauschten.

Sie hörten das Zwitschern von Vögeln und das Rauschen des Windes in den Wipfeln der Buchen und Eichen.

„Hört ihr's?“ fragte Toffie gebannt.

„Ja.“ Tina nickte.

Sie erhoben sich und starrten in die Richtung, aus der sie das Geräusch vernommen hatten.

Es war ferner Motorenlärm. Ein Auto. Ein Brummen, das fein anschwoll und jetzt verstummte.

„Verdammt, ich habe ein merkwürdiges Gefühl“, murmelte Pimo. „Wißt ihr, woran ich denke?“

Toffie nickte düster. „An diesen alten, großen Ford mit den beiden Männern drin?“

„Genau.“ Pimo nickte.

„Die werden doch wohl nicht hinter uns herspionieren?“ fragte sich Tina sorgenvoll.

„Kann sein, muß nicht sein“, erklärte Pimo, der in düsterer Ahnung aufgehört hatte, an seinem Kaugummi herumzukauen. „Auf jeden Fall wäre es besser, wir würden hinter denen herspionieren als die hinter uns.“

„Pimo hat recht“, konstatierte Toffie. „Es ist immer der im Vorteil, der über den anderen Bescheid weiß. Kommt, wir verteilen uns im Wald und suchen sie. In zehn Minuten treffen wir uns hier wieder.“

Die drei lösten sich voneinander. Jeder von ihnen ging, vorsichtig hinter den Bäumen geduckt, auf die Suche.

Toffie wählte den Waldrand, blieb aber in der Deckung der Ulmen und Eichen. Wie ein Indianer sprang er leichtfüßig von Baum zu Baum, ging in die Knie, erhob sich wieder.

Er passierte die Stelle, an der sie ihre Fahrräder niedergelegt hatten.

„Hoppla“, murmelte er. Tinas Fahrrad lag nicht mehr so da, wie die Freundin es im Gras abgelegt hatte. Daran gab es keinen Zweifel. Sie hatten ihre Räder ordentlich nebeneinander abgesetzt, Sättel und Lenker in eine Richtung.

Irgend jemand hatte Tinas Fahrrad hochgehoben und andersherum wieder niedergelegt.

„Sie waren hier“, murmelte Toffie vor sich hin.

Er prüfte aus der Deckung des Waldrands heraus den Lehm des Feldweges.

Doch da es seit Tagen trocken geblieben war, konnte er keine Spuren entdecken. Geduckt hastete er im Wald weiter und beschrieb dabei einen weiten Bogen, gut vier- oder fünfhundert Meter weit.

Als er zum Ausgangsort zurückkehrte, waren Pimo und Tina gerade eingetroffen.

„Habt ihr was entdeckt?“ fragte er.

Sie schüttelten den Kopf.

Toffie erzählte, was er gesehen hatte. Daß offensichtlich jemand die Lage von Tinas Fahrrad verändert hatte.

„Es läuft mir schon ein bißchen eiskalt den Rücken runter“, gestand das rothaarige Mädchen.

Sie spähten in den Wald. Nichts war zu sehen, nichts zu hören, außer den Stimmen der Vögel und des Waldes.

„Na, okay“, sagte Toffie, stieg in den engen Schacht, den sie gegraben hatten, und klopfte seinen Boden mit der Spitzhacke ab.

Es klang dumpf und hohl.

Er nahm eine lange Spachtel und trieb sie in den feinen Löß.

Das scharfe Metallblatt fuhr durch die Erde hindurch wie durch Butter.

„Wir sind durch“, meldete Toffie aufgeregt.

Er prüfte den Schachtboden an mehreren Stellen. Am überwiegenden Teil dieses Bodens war die Erde fest und hart. Aber in einem halbmondförmigen Bereich, der etwa vierzig Zentimeter lang und zehn Zentimeter breit war, spürte er ein Loch, das offensichtlich in eine unterirdische Höhle führte.

„Wir müssen weiter rechts graben“, sagte Toffie zu Tina und Pimo, die ungläubig verharrten. „Hier etwa.“ Toffie zeichnete den Umriß an, in dem er die Öffnung vermutete.

„Wenn wir da drin sind, brauchen wir hier oben nicht mehr zu buddeln“, raunte Pimo fassungslos. „Dann führt die Höhle womöglich unterirdisch zu den Hügelgräbern draußen auf dem Feld."

„So könnte es sein", sagte Toffie.

Ihnen allen war klar, was jetzt als erstes zu geschehen hatte. Tina sprach es aus: „Wir müssen das ganze freigelegte Viereck hier in der Lichtung wieder zuschütten und mit den Grasnarben bedecken, um diesen Ort zu tarnen."

„Stimmt", sagte Pimo. „Niemand darf diesen Zugang je entdecken. Es darf nur dieses kleine Loch übrigbleiben. Und das tarnen wir mit Ästen und Zweigen, so gut es geht."

Fieberhaft machten sie sich an die Arbeit, um der kleinen Waldlichtung ihr ursprüngliches Aussehen wiederzugeben. Bald ruhten die schweren Grasplatten wieder im Schatten der Bäume. Die Zimmermannsnägel und die Spannschnüre waren entfernt. Lediglich der kleine Schacht, der schräg nach unten führte, war noch zu sehen.

„Okay, laßt uns erst mal Pause machen", schlug Toffie vor.

Sie setzten sich nieder und breiteten ihr Picknick aus: kalte Hähnchenteile, Scheibenwurst, Käse-Sandwiches, Fruchtjoghurt und Limo.

„Ich werde das verdammte Gefühl nicht los, als wenn uns jemand hinterherspioniert", sagte Pimo kauend.

„Aber wer nur?" fragte sich Tina.

„Vielleicht irgend jemand aus der Schule?" fragte Toffie.

„Von mir hat niemand etwas über unsere Ausgrabungen erfahren."

„Von mir auch nicht", erklärte Pimo.

„Wir müssen aufpassen, daß wir an diesem Ort nichts, aber auch gar nichts zurücklassen, was irgend jemandem Aufschluß über unsere Ausgrabungen geben könnte", sagte Toffie. „Pimo, hast du dieses Blatt aus dem Buch, das die Gewandnadel zeigt, wiedergefunden?"

Pimo schüttelte den Kopf. „Ich hab's gestern abend noch gesucht. Vergeblich."

„Du hast es wirklich nicht wiedergefunden?"

„Nein. Weiß der Kuckuck, wo ich es verloren habe."

„Ich habe es hier in der Lichtung noch in der Hand gehabt", sagte Tina. „Es lag zuletzt dort." Sie wies mit ihrem Zeigefinger auf eine ganz bestimmte Stelle. „Da habe ich es zuletzt gesehen."

Toffies graue Augen wirkten düster. „Stellt euch mal vor, es kommt hier jemand vorbei. Der sieht das umspannte Geviert und rätselt, was das alles zu bedeuten hat. Er kann sich keinen Reim drauf machen, ist ja auch verständlich. Erst dann, wenn er dieses Foto mit der Gewandnadel aus der Bronzezeit entdeckt, weiß er mit einem Schlag alles."

„Das stimmt." Pimo nickte mit gefurchter Stirn. Er schien ein schlechtes Gewissen zu haben, weil er dieses Blatt beim Einsammeln nicht bemerkt hatte, als sie die Ausgrabungsstätte verlassen hatten.

„Hoffen wir nur, daß es nicht so ist", sagte Toffie.

*

Nachdem sie ihr Picknick beendet hatten, verbreiterten sie die sichelförmige Öffnung, bis sie einen Durchmesser von etwa vierzig Zentimetern hatte.

Löß rieselte in das entstandene Loch hinein. Kleine Brocken polterten leise in die Tiefe.

„Wie geheimnisvoll das riecht", raunte Tina hingerissen.

Ein modrig-süßlicher Geruch drang aus der Erde.

Weit konnte man in dieses Loch nicht hineinsehen, weil die Lichtung im Schatten lag und nur wenig Licht einfiel.

„Soll ich mal reinkriechen?" fragte Pimo, brennend vor Neugierde.

„Heute nicht, Pimo." Toffie spähte besorgt in den Wald hinein. „Lieber tarnen wir das Loch jetzt. Morgen machen wir dann einen Ausflug in die Höhle hinein. Mal sehen, wie weit wir überhaupt kommen. Vielleicht ist das Loch nur einen Meter tief."

„Ich glaube, dann strömte kein solch merkwürdiger Geruch heraus", murmelte Tina. Sie näßte ihren Zeigefinger mit der Zunge und hielt ihn an die Öffnung heran. „Ich habe das Gefühl, daß da leichte Zugluft herausführt."

Auch Pimo und Toffie versuchten, die feine Zugluft wahrzunehmen, doch mit unterschiedlichem Ergebnis.

Sie schaufelten den Sand in den Schacht zurück und preßten ihn gegen die Schachtwand. Die Öffnung stützten sie mit Zweigen ab und schlossen sie außen herum mit Erde ab. Dann trugen sie Grasnarben heran und preßten sie auf die Erde.

Nun war nur noch die finster gähnende kleine Öffnung zu sehen. Sie deckten sie mit Eichenzweigen ab, bis sie nahezu unsichtbar war. Danach säuberten sie den Grasboden der Lichtung von dem Rest der Erde.

Befriedigt begutachteten sie ihr Werk.

„Wenn hier zufällig einer vorbeikommt, der findet rein gar nichts mehr", konstatierte Toffie.

„Der müßte schon aus lauter Dummheit mitten in das Loch hineintreten", sagte Pimo.

Sie sahen auf die getarnte Öffnung hinab.

„Wird ein aufregender Tag morgen", erklärte Tina. „Ich werde auf jeden Fall meine Taschenlampe mitnehmen."

*

Harry Penk, der hünenhafte Privatdetektiv, war in seinem Garten mit den Maulwurfshügeln beschäftigt, als sein Sohn Pimo mit dem Fahrrad zurückkehrte.

„Hallo, Papa", grüßte Pimo.

„Tag, Pimo. Wie war euer Ausflug?"

„Toll."

„Habt ihr schon was entdeckt bei eurer Buddelei?" Penk musterte seinen Sohn liebevoll.

„Einen Armreif aus der Bronzezeit, Papa!" rief Pimo euphorisch. „Er ist über zweitausendsechshundert Jahre alt!"

„Ist ja großartig." Harry Penk schmunzelte.

„Ist wirklich wahr! Tina trägt ihn jetzt am Arm. Es ist ein echter Reif aus der Bronzezeit."

„Natürlich ist er das. Natürlich." Das Schmunzeln auf Harry Penks breitem Gesicht ging in besorgten Ernst über. „Pimo, hör mal." Penk nahm seinen Sohn um die Schulter und führte ihn zum Haus. „Mir ist es gar nicht so recht, daß ihr drei immer ganz allein dort draußen in den Wäldern seid."

„Aber warum nicht?"

„Es treibt sich wieder irgendwelches finsteres Volk in der Stadt herum."

„Finsteres Volk?" Pimo starrte seinen Vater erschrocken an. „Wer denn?"

„Ich weiß es nicht. Niemand weiß es. Aber seit ein paar Wochen wird gestohlen. An der Tankstelle ist ein Kanister mit Öl geklaut worden, und in verschiedenen Lebensmittelläden haben die Ladendiebstähle zugenommen. Dann ist einer Frau im Postamt die Handtasche geklaut worden, als sie gerade in den Telefonbüchern eine Nummer heraussuchte. Und einer anderen Frau hat jemand den gefüllten Einkaufskorb mit Fleisch, Wurst, Brot und Käse aus dem Auto gestohlen. Die gute Frau hatte vergessen, die Heckklappe des Fahrzeugs abzuschließen."

Pimo musterte seinen Vater besorgt.

„Weißt du, Pimo", sagte Harry Penk und tätschelte den Kopf des Jungen. „Irgendwo gibt es immer einen Dieb. Mal da einen Jugendlichen, der einen Apfel klaut, oder einen Gauner, der im Selbstbedienungsmarkt irgendeine Flasche mitgehen läßt. Da sind Übeltäter am Werk, die früher oder später erwischt und bestraft werden. Diesmal aber häufen sich derlei Fälle. Und das beunruhigt uns so sehr."

„Verstehe, Papa", sagte Pimo.

„Deshalb paßt auf, Pimo, wenn ihr dort draußen im Wald seid."

„Schon gut, Papa."

„Und wenn ihr irgend etwas Verdächtiges merkt, sagt Bescheid, ja?"

„Ja, natürlich."

„Also, nun geh unter die Dusche. Du bist ja von oben bis unten mit Erde beschmutzt. Und anschließend gibt es Abendessen."

*

Als Toffie die Wohnküche betrat, in der seine Tante mit dem Abendessen auf ihn wartete, erkannte er sofort die Sorge in ihrem weichen, vollen Gesicht.

„Stimmt irgendwas nicht?" fragte er.

„Ich weiß nicht, Toffie. Doch, es ist alles in Ordnung. Setz dich."

Toffie Berger setzte sich an den Tisch. Seine Tante goß ihm Limonade ein und stellte ihm einen großen dampfenden Teller mit Spaghetti Bolognese auf den Tisch. Es war Toffies Lieblingsgericht.

Erst jetzt spürte der hochgewachsene, blondlockige Junge, welchen Hunger er aus dem Wald mitgebracht hatte. Er wikkelte Nudeln auf die Gabel und begann sie zu verschlingen. Während ihm die langen Spaghetti noch aus dem Mund hingen und er sie mit der Gabel zwischen die Zähne stopfte, fragte er neugierig: „Was stimmt denn nun eigentlich nicht?"

„Nicht mit vollem Mund sprechen", mahnte ihn seine Tante.

Toffie kaute und schluckte. „Also?" fragte er dann.

„Es stand so ein komisches Auto heute vorm Haus", antwortete seine Tante. „So ein altes, rostiges Ding. Es fuhr an, blieb stehen und rollte dann weiter."

„Na und?"

„Ich sagte ja, es ist nichts Besonderes."

„Aber du siehst so besorgt aus, Tante."

Die mollige blonde Frau zuckte die Achseln. „Vielleicht weil so finstere Männer in dem Wagen saßen."

„Finstere Männer?“ Toffie wickelte wieder Spaghetti auf die Gabel.

„Zwei Männer saßen in dem Fahrzeug und starrten unverwandt auf unser Haus. In die offene Garage hinein. Und auf die Fassade. Ganz so, als ob sie prüfen wollten, wie sicher unsere Haustür und unsere Fenster sind.“

„Du meinst, es könnten Einbrecher gewesen sein?“

„Im ersten Augenblick hatte ich das Gefühl.“

„Was war es denn für ein Wagen?“

„Ich glaube, es war ein alter großer Ford.“

Toffie ließ überrascht die Gabel sinken. Ein kleiner Schreck durchzuckte ihn. „Ein alter Ford? Wie sahen die Männer aus?“

„Ich habe nur den ziemlich genau gesehen, der am Lenkrad saß. Er war ein bulliger, dunkelhaariger Mann.“

„Hoppla“, sagte Toffie verblüfft. „Sieh mal an.“

„Was heißt das, Toffie?“

„Ach, nichts.“

„Nun mach wenigstens du dir keine Sorgen, mein Junge“, sagte seine Tante. „Aber paßt in Zukunft auf. Wie man hört, sind Diebe in der Stadt. Es wird gestohlen. Die Leute in Astheim machen sich jetzt allgemein Sorgen.“

*

Nach dem Essen ging Toffie die steile Stiege in sein Mansardenzimmer hinauf. Er nahm das Telefon an seinem langen Kabel mit und rief Tina an.

Auch sie hatte von den Diebstählen in der Stadt gehört.

Toffie erzählte ihr von den beiden Männern in dem alten großen Ford, die seine Tante so beunruhigt hatten.

„Aha“, sagte Tina schüchtern, „das scheinen unsere beiden Freunde gewesen zu sein, die wir in ihrem Auto auf dem Lehmweg gesehen haben.“

„Stimmt, Tina. Und mich würde es nicht wundern, wenn diese beiden auch die Diebe wären.“

„Könnte sein."

„Und hinter uns spionieren sie her, weil sie ahnen, daß wir ein sehr wertvolles Geheimnis hüten."

„Du meinst also, das Motorbrummen, das wir im Wald gehört haben, stammt von diesem Fahrzeug?"

„Ich bin fast überzeugt davon."

„Dann ist es gut, wenn sie sich jetzt verraten haben, Toffie. Jetzt wissen wir also, auf wen wir achten müssen. Und wer uns gefährlich werden kann."

„Genau so ist es, Tina."

*

Am folgenden Morgen trafen sich die drei Freunde an der Brücke der Prill.

Pimo Penk kam als letzter mit seinem Fahrrad angeschossen. Er riß im Bremsen sein Rad herum, hielt und meldete aufgeregt: „Sie waren heute in unserem Garten."

„Wer sie?" fragte ihn Tina stirnrunzelnd.

„Die Männer aus den großen alten Ford. Zumindest einer von ihnen."

„Wie kommst du darauf, Pimo?"

„Auf einem unserer Maulwurfshügel ist der Schuhabdruck drauf. Derselbe, den wir draußen an der Ausgrabungsstätte gesehen haben."

„Bist du ganz sicher, Pimo?"

„Tausendprozentig."

„Und könnte der Abdruck nicht von einem Schuh deines Vaters stammen?"

„Eben nicht. Soviel steht fest."

„Kommt, wir fahren noch bei Pimo vorbei", schlug Toffie vor.

Sie alle hatten jetzt das Gefühl, als ob sich die Ereignisse in eine bestimmte Richtung entwickelten und als ob Gefahr, Spannung und Dramatik bevorstanden.

Der Sohlenabdruck war deutlich zu sehen, das gesamte Profil. Ein erster Blick reichte. Es gab keinen Zweifel, daß er identisch war mit dem, den sie auf dem feuchten Boden nahe ihrer archäologischen Wirkungsstätte gesehen hatten.

„Schuhgröße vierundvierzig. Ein derbes Profil", sagte Pimo.

„Aber wie zum Teufel kommt dieser Abdruck in euren Garten?" fragte Toffie verwundert. „Wie hängt das nur alles zusammen?"

„Keine Ahnung." Pimo zuckte die Achseln.

Sein Vater kam aus dem Haus und trat auf sie zu. „Na, habt ihr einen toten Maulwurf gefunden?" rief er fröhlich von weitem.

„Nein, aber einen verdächtigen Stiefelabdruck, Papa", erwiderte Pimo erregt. „Hier, guck mal. Denselben Abdruck haben wir draußen im Wald auf der Lichtung gesehen, auf der wir buddeln."

Harry Penk trat mit einem gönnerischen Lächeln auf seinem breiten Gesicht auf sie zu. Der hünenhafte Mann verlor dieses Schmunzeln auch nicht, als er auf die Fußspur hinabblickte, die sich tief in die dunkle, frische Erde eines Maulwurfhügels eingeprägt hatte.

„Ihr werdet noch mal richtig gute Detektive", lobte er.

„Ist das alles, was du dazu zu sagen hast, Papa?" fauchte Pimo ihn verärgert an. „Siehst du nicht, daß dies hier ein fremder, frischer Fußabdruck ist, den irgend jemand heute nacht in unserem Garten hinterlassen hat?"

„Nun ja, mein Junge." Penk legte lächelnd seine riesige Pranke um die Schulter seines geliebten Sohnes. „Wird wohl irgendein Betrunkener gewesen sein, der nachts eine Abkürzung gesucht und über Zäune geklettert ist. Daraus braucht man nun wirklich keine Staatsaffäre zu machen."

„Du nimmst uns nicht ernst, Papa!" fauchte Pimo ihn verbittert an.

„O doch, mein Junge. Natürlich. Aber in diesem Fall nicht. Kaum siehst du einen Sohlenabdruck, geht deine Phantasie wieder mit dir durch. So, und nun fahrt schön los. Seid vorsichtig und kommt nicht zu spät nach Hause."

*

„Du glaubst nicht, wie mich das wurmt", sagte Pimo heftig, als sie ihre Räder am Waldrand absetzten. Er ärgerte sich immer noch darüber, daß sein Vater ihn nicht ernst nahm. In diesem Augenblick wünschte er sich, daß sein Vater nachts aufwachte und den Eindringling plötzlich unten im Garten sah – einen finster dreinblickenden Burschen, der mit einem Fuß auf einem Maulwurfshügel stand.

Bei dieser Vorstellung schoß ein anderer Gedanke durch ihn hindurch.

„Merkwürdig", sagte er zu Tina und Toffie. „Ich hatte heute nacht einen seltsamen Traum. Und je länger ich drüber nachdenke, desto mehr kommt's mir vor, als wenn dies gar kein Traum, sondern Wirklichkeit war."

„Was für ein Traum denn?" fragte Tina.

„Ich habe geträumt, daß eine dunkle Gestalt nachts in unser Haus einbrechen wollte. Sie schlich ums Haus, machte sich an der Haustür und an den Fenstern zu schaffen. An der Garage stieg sie auf die Mülltonne. Sie rutschte etwas weg und schlug gegen das Garagentor. Es machte einen dumpfen Schlag. Der Mann sprang von der Tonne und rannte weg. Quer über den Garten."

Toffie wandte den Kopf und nickte Pimo ernst zu. Er konnte sich vorstellen, daß es in Wirklichkeit tatsächlich so gewesen war.

Tina drückte das so aus: „Pimo ist jetzt endlich so weit, daß Traum und Realität in seinem Leben eine Einheit bilden." Sie meinte dies allerdings nicht nur scherzhaft, sondern auch sie empfand Sorge gegenüber dem, was in der Zukunft bevorstand, Sorge vor allem deshalb, weil die Erwachsenen ihre Pläne und Entdeckungen nicht ernst nahmen.

5. Die gespenstische Höhle

Nachdem die drei Freunde ihren Ausgrabungsort erreicht hatten, entfernten sie sofort die Tarnung von dem Einstiegsloch in die Lößhöhle. Als erster zwängte sich Toffie durch das Loch.

Tina und Pimo sahen ihm gebannt zu. Er sank tiefer und tiefer und klammerte sich mit den Händen am Waldboden fest.

„Noch keinen Boden unter den Füßen?“ fragte Pimo.

Sie sahen, wie Toffie den Boden mit den Füßen abzutasten suchte.

„Nein“, antwortet Toffie. „Haltet mich mal mit den Händen fest.“

Pimo und Tina nahmen je eine seiner Hände. Und nun ließen sie Toffie noch tiefer in das Loch hinab.

Der Blondschopf des Jungen versank. Dann rief Toffie aus seinem Loch heraus: „Ich stehe auf festem Grund. Gebt mir die Taschenlampe!“

Pimo reichte ihm die Stablampe.

Dann sahen sie neugierig hinab, beobachteten, wie Toffie das Licht einschaltete und sich bückte.

„Ein Gang führt nach hinten“, meldete er hinauf. „Er ist schmal und gewunden.“

Sie sahen, wie Toffie verschwand. Er blieb eine Weile weg, dann kehrte er an die Öffnung zurück, und sie sahen sein erdverschmutztes Gesicht.

„Der Gang ist nur wenige Meter lang“, meldete er. „Dann endet er an einer Wand aus Erde und Wurzeln.“

„Nach wie vielen Metern?“ fragte Pimo interessiert.

„Ungefähr nach fünf bis sechs.“

„Also genau dort, wo die Lichtung aufhört?“

„Ja.“

Er reichte die Taschenlampe zurück und reckte die Hände aus dem Loch.

Tina und Pimo halfen ihm wieder ins Freie.

Als nächster stieg Pimo ein. Und dann Tina. Auch sie leuchtete den Gang aus, der niedrig und eng war, an manchen Stellen nicht breiter als fünfundzwanzig Zentimeter. An einer Stelle konnte sie nur auf allen vieren kriechen. Der Schein der Taschenlampe huschte gespenstisch über die hellen, erdigen Wände.

Dann hörte dieser seltsame Stollen plötzlich auf. Er verlief an keiner Stelle gradlinig, so, als hätten ihn Menschen irgendwann einmal angelegt. Gewunden und im Zickzackkurs führte er dahin, mal nach unten, dann nach oben. Mal war er so hoch, daß man fast darin stehen konnte, dann wieder ganz niedrig.

Er endete an einer Wand aus Erde und Wurzelstrunken, die zum Teil gespenstisch ins Freie hervortraten und im Licht der Lampe grausige Schatten warfen.

Dann machte Tina eine entsetzliche Entdeckung, die ihr Herz fast zum Stillstand brachte.

Da war ein winziges Gerippe. Deutlich erkannte sie die Knochen der Beine, des Brustkorbs, sah den Kopf.

Fast hätte sie vor Angst und Schrecken aufgeschrien.

Das Gerippe leuchtete weiß unter Wurzelstrünken hervor. Es war unheimlich.

„Was ist das nur? Was ist das nur?“ fragte sie sich entsetzt.

Von einem Menschen, einem Kind, stammte dieses Skelett gewiß nicht.

Tina wandte sich ab und kehrte an die Öffnung des Ganges zurück. Sie reichte die Taschenlampe hinauf und kletterte unter Pimos und Toffies Hilfe ins Freie.

„Was ist los, Tina?“ fragte Toffie besorgt. „Du bist ganz blaß und zitterst ja.“

Hier im Freien, im grünen, vom Zwitschern der Singvögel erfüllten Wald, hatte Tina das Gefühl, als wäre sie aus dem Totenreich ins Leben zurückgekehrt.

Sie meldete ihre Entdeckung.

„Das möchte ich mir mal angucken“, sagte Pimo. Er verschwand in dem Loch und erschien wenig später wieder.

„Fuchs“, meldete er nach oben. „Langgezogener Knochenbau, lange Schnauze, Schwanz, kurze Beine. Würde mich wundern, wenn dies dort unten nicht irgendwann ein Fuchsbau gewesen ist."

Auch er stemmte sich unter Hilfe der anderen hoch und kletterte ins Freie.

„Du hast recht", sagte Toffie zu ihm. „Die Höhle war ein Fuchsbau oder Teil eines Fuchsbaus."

Sie saßen vor dem Loch und grübelten.

„Was machen wir nun?" fragte Pimo. „Wo buddeln wir nun weiter?" Er entschälte einen Kaugummi und steckte ihn in den Mund. Das Papier knüllte er zu einem Kügelchen zusammen, das er mit den Fingern wegschnippte.

„Blöde Situation", erklärte Toffie. „Da haben wir also einen Armreif aus der Bronzezeit ausgegraben und eine Höhle entdeckt. Und damit scheint Schluß zu sein."

„Auf jeden Fall hat's wenig Zweck, dort unten die ganzen Wurzeln wegzuhacken", erklärte Pimo. „Das wäre fast so schlimm, als sich mit der Machete seinen Weg durch einen tropischen Urwald zu bahnen."

„Es wäre so schön gewesen", raunte Tina, das rothaarige Mädchen. Ihre Finger spielten mit dem Armreif an ihrem Handgelenk. „Wir haben es uns einfach zu leicht vorgestellt. Wir haben gedacht, über die Höhle gelangten wir schnurstracks und ohne Schwierigkeiten zu den Hügelgräbern."

„Und dort liegen dann links und rechts die Schätze wie in Schaufenstern ausgebreitet", fügte Pimo hinzu. „Armreifen, Ringe, Schmucknadeln, Halsketten, Schalen, Töpfe und Krüge."

Toffie lächelte bitter. „Ja, eigentlich haben wir es uns so vorgestellt", gab auch er zu.

„Ich glaube, wir müssen einen völlig neuen Schlachtplan entwerfen", sagte Tina.

„Und was für einen?" Pimo musterte sie kaugummikauend.

„Ich glaube, wir müssen über die Theorie an die Sache ran. Buddeln, die praktische Graberei, bringt uns nicht weiter. Also

sollten wir unsere Kombinationsgabe, das Wissen aus den Fachbüchern, vor allem aber unseren Computer einschalten."

Toffie nickte. „Tina hat recht. Wir brauchen ein völlig neues Konzept."

„Wahrscheinlich verlaufen Fuchsröhren im gesamten Waldboden", sagte Pimo. „Und wir haben einen solchen Fuchsbau mit einem Höhlengrab verwechselt."

Er sah auf seine Armbanduhr. Es ging auf die Mittagsstunde zu.

„Wenn dieser Armreif nicht wäre", sagte Toffie mit dem Blick auf das Bronzeschmuckstück an Tinas Arm, „dann würde ich sagen, wir blasen die ganze Sache ab."

Pimo sah zwischen den hohen Buchen und Eichen zum blauen Himmel auf. „Wie wär's mit Schwimmen?" schlug er plötzlich vor. „An so einem herrlichen Badetag sitzen wir hier hilflos und ratlos herum."

Toffie schmunzelte. „Pimo hat recht." Er wandte sich Tina zu. „Kommst du mit?"

Tina schüttelte den Kopf. „Ich will lieber meiner Mutter helfen. Sie macht Marmelade ein."

Auch diesmal hatten die drei Freunde ein Picknick mitgebracht. Sie packten es aus und begannen zu essen. Die Stimmung war gedrückt, sie fühlten sich wie in einer Sackgasse.

Zum erstenmal erkannten sie, wie schwierig ein archäologisches Unternehmen war. Daß es eben nicht genügte, eine interessante Fundstelle entdeckt zu haben, sondern daß die Arbeit und Schwierigkeiten in diesem Augenblick erst begannen.

*

Zu Hause in Astheim trafen sich Pimo und Toffie mit ihren Badesachen vor dem Schwimmbad. Tina half ihrer Mutter beim Einkochen und Abfüllen von Erdbeermarmelade.

Die ganze Zeit über waren ihre Gedanken draußen bei der Höhle im Wald.

„Du bist so zerstreut, Tina. Was ist mit dir?" fragte ihre Mutter besorgt.

„Ich muß immer an diese Höhle denken, Mama."

„Es ist nur ein Fuchsbau, Kind. Nichts anderes."

„Und dieser Armreif hier?" Tina drehte das Stück an ihrem Handgelenk.

„Es lag zufällig dort. Oder Toffie und Pimo haben dir einen Streich gespielt und den Reif im Boden vergraben."

„Meinst du das im Ernst?" Tina fixierte ihre Mutter verblüfft.

„Aber natürlich meine ich es im Ernst, Liebes." Zärtlich drückte Frau Hofmann einen Kuß auf Tinas Stirn.

Frau Hofmann war eine zierliche, dunkelhaarige Frau. Tina war ihr einziges Kind. Voll Sorge verfolgte sie seit Tagen das phantastische Abenteuer, in dem Tina gefangen war.

„Es ist irgendein unbedeutender Reif", fügte sie nun hinzu, um Tina endlich auf andere Gedanken zu bringen. „Irgendeine Nachahmung. Und ihr habt euch selbst etwas vorgegaukelt, indem ihr diesen Reif in der Walderde eingebuddelt habt. Pimo traue ich solch einen Schabernack zu. Du etwa nicht?"

Tina war noch immer erschrocken. Auf diesen Gedanken wäre sie zuallerletzt gekommen.

Allerdings, auch sie traute Pimo solch einen Blödsinn zu. Pimo lebte häufig halb in der Realität, halb in irgendwelchen verrückten Phantasien. Wenn er einen Science-fiction-Film oder irgendeins seiner verrückten Abenteuerbücher gelesen hatte, war es mit ihm besonders schlimm. Pimo war immer wieder bereit, die Wirklichkeit in ein Abenteuer zu verwandeln, indem er zum wirklichen Leben einfach noch irgendwas dazuerfand.

Zum Beispiel den Fußabdruck auf dem Maulwurfshügel in seinem Garten. War der etwa auch nicht echt? Ebensowenig wie der Fußabdruck in der feuchten Erde an ihrer Ausgrabungsstätte?

Tina traute Pimo alles mögliche zu, vor allem auch, daß er

diesen Reif eingegraben hatte, um das phantastische Abenteuer der Grabhügel anzuheizen. Und vielleicht auch, um sie, Tina, auf die Schippe zu nehmen.

„Doch, ich traue Pimo solchen Blödsinn zu“, gestand Tina jetzt.

„Na, siehst du. Mädchen.“ Frau Hofmann drückte ihre Tochter liebevoll an ihre Brust. „Und nun vergiß mal diese Idee mit den Gräbern aus der Bronzezeit. Es gibt sie dort draußen wirklich nicht. Und es gibt auch keine Grabbeigaben. Es ist alles nur ein Traum, mein Kind.“

„Ja“, sagte Tina leise und bitter. Sie fühlte sich plötzlich müde und enttäuscht.

*

Später lag sie in ihrem Zimmer auf der Bettcouch und grübelte. Hatte ihre Mutter wirklich recht? Vieles sprach dafür, vieles dagegen.

Freilich konnte es sein, daß die Höhle nur ein Fuchsbau war, der in ein System von Fuchsröhren verlief, und daß Pimo den Armreif im Boden vergraben hatte, um diesen Trug, diesen Traum am Leben zu erhalten.

Es sprach sehr vieles dafür.

Aber es sprach auch manches dagegen.

Zum Beispiel die dunkle Verfärbung im hellen Löß, die so typisch war für die Folgen der Oxydation dieser Bronzestücke. So kunstvoll hätte Pimo die Erde um den Reif nie verfärben können.

Und dann die krustige, grünlich durchsetzte Erde, die an dem Armreif gehaftet hatte. Nein, das war echt. Ganz gewiß war das echt.

Tina drehte den Reif an ihrem Handgelenk. So weit würde ihr Freund Pimo auch niemals gehen, daß er sie so arg täuschte. Er war immer für einen Gag oder Scherz gut und führte sie gern an der Nase herum. Aber so etwas? Nein. So weit würde Pimo seine Späße ihr gegenüber nie treiben. Dazu war er zu ehrlich und aufrichtig.

Tina lag auf ihrer Couch und grübelte. Sie hatte das Bild dieses merkwürdig verlaufenden Höhlenganges vor Augen. Konnte es nicht auch ein sogenannter Schratzengang gewesen sein, wie die unterirdischen Verstecke oft genannt wurden, die sich die Menschen der Bronzezeit gegraben hatten? Als Verstecke, in denen sie Lebensmittel, aber auch Kinder und Frauen vor Feinden verbargen?

Das war auch möglich. Tina hatte Abbildungen und Beschreibungen solcher Gänge gesehen und gelesen. Sie verliefen unter der Erde, meist in verwinkelter Form. Und meist hatten sie mehr als nur einen Zugang oder Ausgang.

War dies nicht vielleicht auch ein solcher Schratzengang?

Tina dachte an die Wand aus wurzeldurchsetzter Erde, an der der Gang endete. An diesem Hindernis ging es auf keinen Fall weiter.

Plötzlich durchfuhr sei ein süßer Schreck.

„Das ist die Lösung!" rief sie leise aus.

Sie sprang von der Bettcouch auf und trat ans offene Fenster.

„Ganz bestimmt ist es so!" sagte sie sich.

Sie erinnerte sich, daß dort, wo die Lichtung vom Laubwald begrenzt war, eine Art Schneise zwischen den Bäumen hindurchführte. Eine Schneise, die man nicht sofort wahrnahm, weil sie verwinkelt verlief.

Aber es gab diesen Weg, an dem Buchen und Eichen in größerem Abstand zueinander standen. Sie selbst war dieser gewundenen Schneise mehrmals rätselnd gefolgt, ohne Pimo oder Toffie etwas von dieser Entdeckung zu verraten.

Jetzt aber war sie mit einem Schlag sicher, daß unter dieser Schneise der Höhlengang weiterlief. Denn da, wo die Höhle war, konnten die Bäume ja keine Wurzeln treiben.

Aufgeregt rannte sie nach unten, um Pimo und Toffie telefonisch ihre Entdeckung mitzuteilen. Doch beide waren noch im

Schwimmbad. Sie kamen erst spät nach Hause, weil sie nach dem Baden noch zum Volleyballspielen verabredet waren.

Tina legte enttäuscht den Hörer auf. Sie ging in ihr Zimmer zurück und stellte sich grübelnd ans Fenster.

Dann blickte sie auf ihre Armbanduhr. Es war erst kurz nach sechs Uhr. Draußen schien die Sonne. Es war heller Tag.

Sie konnte auf eigene Faust noch einmal in den Wald hinausfahren, in die Höhlen einsteigen und an der Stelle, an der sie den Fortgang des Höhlengangs vermutete, mit der Hacke ein Loch schlagen, um dann diesen Höhlenfortsatz auf eigene Faust auszukundschaften.

Pimo und Toffie würden staunen, wenn sie ihnen anderntags in der Schule ihre Entdeckung enthüllen würde.

Dann aber kroch Angst in Tina hoch. Angst, ein solches Vorhaben im Wald ganz allein auszuführen. Noch dazu zu einer Zeit, in der die Abendstunden nicht mehr fern waren.

„Nein, lieber nicht“, sagte sie sich.

Dann aber reizte sie das Wagnis wieder. Es war auch noch so hell und sonnig draußen. In einer halben Stunde wäre sie am Ziel. Zwanzig Minuten bräuchte sie lediglich, um ihre neue Theorie zu prüfen, um in den Gang einzusteigen und dort unten mit der Spitzhacke zu arbeiten. Sie konnte vor acht Uhr abends wieder daheim sein. Und dann wäre es immer noch hell.

Entschlossen ging Tina nach unten. Ihre Mutter saß im Garten im Liegestuhl und las.

„Ich gehe noch mal fort, Mama“, sagte Tina.

Ein liebevoller Ausdruck erschien auf dem schmalen Gesicht ihrer Mutter. „Ist gut, mein Kind. Aber bleib nicht so lange.“

„Nein, Mama, um acht Uhr bin ich wieder da.“

Minuten später befand sich Tina Hofmann auf ihrem Fahrrad auf der brüchigen Asphaltstraße, die in die Wälder von Astheim hinausführte. Ihr Gepäck: Taschenlampe und etwas Werkzeug.

*

Eine beklemmende Angst stieg in dem rothaarigen Mädchen hoch, als es den Wald erreicht hatte. Sekundenlang war Tina entschlossen, ihren doch recht kühnen Alleingang wieder abzublasen.

Dann aber wurde es ihr bewußt, wie feige ein solcher Abbruch wäre. Und wie unnötig. Denn was konnte ihr hier, in der friedlichen Natur, schon zustoßen?

Sie setzte ihr Fahrrad diesmal vorsichtshalber nicht neben dem Lehmweg am Waldrand ab, sondern schob es tiefer in die Deckung des Waldes.

Minuten später hatte sie die gut getarnte Höhle erreicht.

Alles war noch immer so, wie es vorher gewesen war. Nur war die Sonne jetzt hinter den hohen Bäumen verschwunden, und die Szenerie war merkwürdig düster.

Tina entfernte die Zweige vom Einstieg der Höhle und hangelte sich mit ihrem Werkzeug nach unten. Sie hatten jetzt tiefe Trittstellen ins Erdreich getrieben, auf denen man wie auf einer Leiter abwärts und wieder hinaufsteigen konnte.

Mit der Taschenlampe leuchtete sie ihren Weg. Als sie an dem Fuchsskelett vorbeikam, lief es ihr wieder eiskalt den Rükken herunter. Dann aber kroch Tina entschlossen weiter.

Sie hatte sich ganz genau ausgerechnet, an welchem Punkt der Gang seitlich abweichen mußte. Das war etwa eineinhalb Meter vor der wurzeldurchsetzten Wand.

Tina lehnte die Taschenlampe am Boden an die Wand. Jetzt war das Licht nach oben gerichtet, an die Decke des Ganges, die nur etwa einen Meter zwanzig hoch war. Tina mußte gebückt arbeiten. Mit der Spitzhacke in beiden Händen hatte sie auch keine Möglichkeit, weit auszuholen, weil der Gang höchstens vierzig Zentimeter breit war.

Es wurde eine mühsame Arbeit. Viel mühseliger, als Tina es sich ausgemalt hatte.

Aber sie kam voran. Wieder und wieder fuhr das spitze Eisen der Hacke in die Wand. Erde und Brocken rieselten und polterten auf den Boden. Tina klopfte die Wand wieder und wieder ab. Mit dem Holz. Und mit dem Eisen. Mit ihrem sehr feinen Gehör registrierte sie ganz genau die hohle Stelle jenseits der Wand, an der sie arbeitete.

Sie schwitzte. Die Luft war muffig hier unten, roch modrig und faulig. Frischluft drang von oben keine herein. Und auch kein Licht. Denn der Gang führte in einem gewundenen, verwinkelten Weg hierher und sperrte das bißchen Licht, das durch die Öffnung fiel, völlig aus.

Irgendwann setzte sich Tina erschöpft nieder. Sie war schweißnaß. Auch Tinas T-Shirt war total verschwitzt.

Wieder einmal war das Mädchen entschlossen, sein Vorhaben für diesen Tag abzublasen. Tina erschrak, als sie auf die Uhr sah. Es war bereits nach acht Uhr. Draußen würde es wahrscheinlich schon dunkel werden.

„Noch ein paar Minuten", raunte das Mädchen.

Sie nahm die Spitzhacke, arbeitete weiter. Wieder polterte und rieselte Erde zu Boden.

Plötzlich erlosch das Licht. Tina erschrak.

Bis ihr bewußt wurde, daß sie mit einem Fuß die Taschenlampe weggestoßen hatte und die Lampe jetzt unter frisch herabgefallener Erde begraben war.

Sie befreite die Lampe daraus, stellte sie wieder an die Wand, arbeitete mit der Hacke weiter.

Und jetzt wurde ihr Fleiß belohnt. Jubel flutete durch sie hindurch, als die Hacke die Wand durchbrach. Gleichzeitig fuhr ihr Zugluft entgegen, die wieder modrig-fauligen Geruch mit sich brachte.

Aufgeregt leuchtete Tina mit der Lampe in das neu entstandene Loch hinein: Da tat sich ein ganzes Labyrinth von Gängen auf, die in bizarren Formen verliefen.

Hastig und erregt arbeitete Tina Hofmann weiter. Ihr Ziel: ein kleines Loch frei zu hacken, das als Durchschlupf für ihren dünnen Körper ausreichte . . .

*

Tina war von Glück und Jubel erfüllt. Sie wollte unbedingt diesen Durchschlupf frei hacken und sich auf die andere Seite hinüberzwängen, um zu sehen, wie die Gänge dort drüben verliefen.

Anschließend würde sie ihr einsames Unternehmen sofort abbrechen, um nach Astheim zurückzukehren.

Doch die Dinge sollten einen ganz anderen Verlauf nehmen.

Was Tina Hofmann nicht ahnen konnte, war, daß Pit Keule und sein Kumpan Bisam sich wieder auf den Weg in den Wald gemacht hatten. Sie hatten ihren alten Ford am Lehmweg abgestellt und waren ausgestiegen.

„Kein Fahrrad da“, konstatierte Keule zufrieden. „Nu laß uns mal in aller Ruhe diesen komischen Ort auskundschaften.“

Im Schutz des Waldes näherten sie sich der Ausgrabungsstelle.

„Nanu, kaum noch was zu sehen“, entfuhr es Keule. „Die ganze freigelegte Erde ist ja wieder mit dem Waldgras abgedeckt.“

„Komisch, komisch“, murmelte Bisam, der dies alles am allerwenigsten begriff.

„Und was schließt du daraus, Bisam?“

„Daraus schließe ich, daß alles wieder so ist, wie es immer war.“

„Dummkopf. Der ehrliche Mann schließt daraus, daß diese drei kleinen Übeltäter eben doch etwas zu verbergen haben. Sieht mir verdächtig nach Tarnung aus. Wozu liegen denn diese Eichenzweige hier rum, he?“

Keule beugte sich nieder und hob einige der Zweige auf.

„Hier geht's nicht mit rechten Dingen zu“, erklärte er. „Irgendwas ist hier faul. Und zwar mächtig faul. Anstatt daß diese drei Halbwüchsigen wie andere anständige Menschen auch Hecken schneiden oder der Mama beim Kartoffelschälen helfen, müssen sie irgendwas Verbotenes treiben. Denn daß hier gegen das Gesetz verstoßen wird, ist jedem ehrlichen Menschen klar.“

Plötzlich stutzte er. „Guck mal, Bisam. Dort." Er wies mit dem Finger auf ein dunkel im abendlichen Dämmer gähnendes Erdloch.

„Hoppla", murmelte Bisam erstaunt.

Sie traten näher an das Loch heran und knieten nieder.

„Ein Einstieg", sagte Pit Keule fachmännisch. „Da geht's runter."

„Sieht ganz danach aus, Keule."

„Da ist ein Loch, und da geht's runter."

„Stimmt."

„Nun kommt's wieder auf die Logik an, Bisam. Ein Loch hat immer einen Sinn. Klar? Entweder ist dahinter etwas oder nicht. Stimmt's?"

„Ich weiß nicht, worauf du hinauswillst."

„Darauf, daß ein Loch immer verdächtig ist. Und dies hier ganz besonders. Spürst du den seltsamen Luftzug? Und riechst du, wie das nach Bronzezeit duftet?"

„Das rieche ich, Keule."

„Da sind Schätze drin, das sage ich dir. Ungeheure Schätze. Und die werden wir uns mal angucken."

„Angucken?" Bisams Gesicht verzog sich. Der kleine Mann mit dem fettigen blonden Haar schien wenig begeistert.

„Natürlich werden wir's uns angucken. Was glaubst du denn?" fauchte Keule ihn an.

„Und wenn das Ganze eine Falle ist?"

„Eine Falle? Was für eine Falle denn?"

„Ich meine, es könnte doch sein, daß sie uns dort unten auflauern."

„Auflauern? Wer denn?"

„Irgend jemand. Ich weiß auch nicht. Vielleicht die Polente."

„Die Polente? Bist du total übergeschnappt? Meinst du, die Polente versteckt sich hier draußen in 'nem Erdloch, um zu warten, bis wir da reinstolpern? Du hast mal wieder Angst. Bisam. Komm, wir gucken uns das Loch genauer an. Diese drei

Halbwüchsigen haben das Loch gebuddelt. Und die wissen, warum. Kinder sind oft gar nicht so doof, wie man immer denkt. Und heute abend sind sie nicht da. Es liegen keine Fahrräder drüben am Lehmweg."

Pit Keule begann, seinen bulligen Körper durch das Loch zu zwängen, mit den Füßen voraus.

„Keule, fall da bloß nicht rein", warnte der Blonde ängstlich. „Womöglich geht's da 'nen Kilometer oder noch weiter runter."

„Keine Sorge. Mein Fuß hat festen Halt. Da ist 'ne Trittstelle in der Erde."

Schnaufend schob sich der dunkelhaarige Mann tiefer und tiefer in das enge Loch hinab. Schließlich sah nur noch sein Kopf heraus. Als dann auch sein Kopf verschwunden war, kroch Bisam furchtsam an das Loch heran und rief leise hinunter: „Keule, paß gut auf. Vielleicht haust noch einer von diesen Menschen aus der Bronzezeit da unten – und dann geht's dir dreckig."

„Hör mit dem Schwachsinn auf!" knurrte Keule von unten herauf.

Jetzt sah Bisam gar nichts mehr von ihm. Verängstigt hob er den Kopf und spähte in den abendlich düsteren Wald.

Es war ihm gar nicht recht, daß sein Kumpan Pit Keule jetzt dort unten in der Erde steckte. Genaugenommen fürchtete er dabei weniger, daß Keule etwas zustoßen konnte, sondern er selbst fühlte sich verdammt schutzlos.

Bisam hatte lediglich eine verschwommene Vorstellung davon, was das eigentlich bedeutete: Menschen in der Bronzezeit. Klar war ihm nur, daß dies Menschen sein mußten, die nicht über der Erde, sondern unter der Erde lebten.

Und alles, was unter der Erde in Höhlen oder Gängen herumkroch, ganz egal, ob es sich um Ratten, Maulwürfe oder Menschen handelte, war ihm verdächtig.

Jetzt fürchtete er, daß noch ein paar von diesen geheimnisvollen Lebewesen aus der Bronzezeit übriggeblieben waren und daß sie Pit Keule dort unten angreifen und töten oder auffressen konnten.

„Komm lieber wieder raus, Keule“, raunte er deshalb in das finster gähnende Loch hinab.

„Hör mit deinem blöden Geschwätz auf!“ scholl es aus der Höhle nach oben.

„Ist es finster dort unten, Keule?“

„Siehst du das nicht selbst? Reich mir mal deine Streichhölzer nach unten.“

„Moment, Keule.“

Hastig zerrte Bisam ein Schächtelchen mit Streichhölzern aus der Tasche. Er streckte seinen Arm in das Erdloch. Auf den Boden gepreßt, reichte er die kleine Schachtel nach unten.

Sein Kumpan nahm sie entgegen.

Dann flammte unten Licht auf, erlosch aber sofort wieder.

„Verdammt!“ knurrte Keule von unten herauf.

Wieder flackerte Licht auf. Und noch einmal. Doch jedesmal erlosch es sofort wieder.

„Die verdammte Zugluft!“ schimpfte Keule unten.

„Komm lieber wieder rauf!“ rief der kleine Blonde. „Mir ist das Ganze nicht geheuer.“

Noch mehrere Male versuchte der Mann, in dem finsteren Loch ein Streichholz anzuzünden. Doch jedesmal löschte die Zugluft das kleine Flämmchen.

„Wenn wir nur ’ne Taschenlampe dabeihätten“, schimpfte Pit Keule laut. „Verdammt, der Gang wird hier immer niedriger.“

Bisam bekam mit, wie sich Pit Keule dort unten immer weiter entfernte. Er schien irgendeinen geheimnisvollen Gang entdeckt zu haben, den er jetzt auszuspionieren begann.

Immer wieder nutzte der Mann in der Höhle das winzige, gleich wieder erlöschende Flämmchen eines Streichholzes, um sich zu orientieren.

Dann aber sah Bisam nicht mal mehr diese Lichter. Der feine Zug trug lediglich den Geruch von Schwefel mit herauf, gemischt mit dem modrig-fauligen Geruch, der aus diesem Totenreich kam.

Es wurde dunkel im Wald. Bisam empfand entsetzliche Angst. Er hatte die finstere Ahnung, daß sein Freund und Kumpan Keule nie wieder aus diesem Erdloch an die Oberfläche zurückkehren würde.

6. Im nächtlichen Wald wird es dramatisch

Pimo und Toffie hatten den heißen Sommernachmittag im Astheimer Schwimmbad verbracht, hatten anschließend bei Silvano ein Eis gekauft und waren dann gemeinsam zum Volleyballspielen in die Turnhalle gefahren.

Kurz nach neun Uhr verließen sie frisch geduscht die Turnhalle und verabschiedeten sich, während sie auf ihre Fahrräder stiegen.

„Bis morgen, Pimo", sagte Toffie.

„Ciao, Toffie." Pimo trat kräftig in die Pedale und entfernte sich.

Es wurde dunkel, als Toffie Berger nach Hause kam. In der Küche nahm er ganz allein sein Essen ein, das ihm seine Tante dort hingestellt hatte. Toffies Tante und sein Onkel waren an diesem Abend nicht zu Hause. Sie waren bei einer Veranstaltung des Anglervereins von Astheim.

Toffie empfand es als angenehm, an einem solchen lauen Sommerabend ganz allein zu sein. Nachdem er gegessen hatte, ging er auf sein Zimmer hinauf, setzte sich an seinen Schreibtisch und schaltete seinen Computer ein.

Der Bildschirm flammte auf, und der ihm so vertraute grünlich leuchtende Cursor blinkte.

Der blondgelockte Junge zog seinen Blendschirm über und nahm den Armreif an sich, den sie gefunden und den er sich von Tina für seine Computer-Arbeit hatte geben lassen.

Er vermaß den Reif, tippte sämtliche Daten in den Computer ein, wie Form, Gewicht, Oberflächenmuster. Er tat dies routinemäßig, damit sämtliche Fakten über die Hügelgräber in Disketten gespeichert würden.

Nach einer Dreiviertelstunde war seine Arbeit beendet. Er gab dem Drucker den PRINT-Befehl. Und wenig später hatte er folgenden Ausdruck in Händen:

Graphik des gefundenen Armreifens :

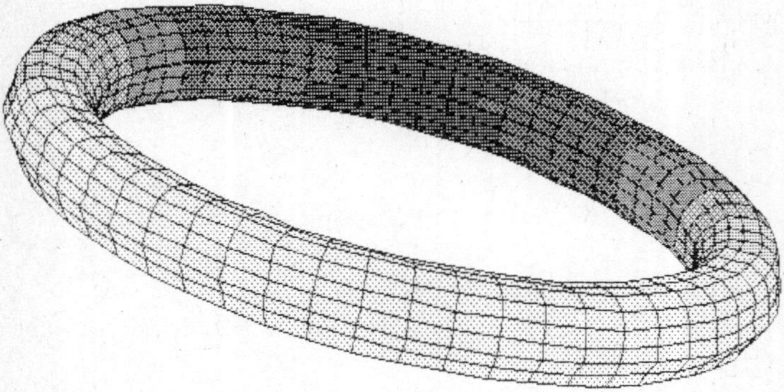

Toffie war entzückt von dem entstandenen Bild, das haargenau, in sämtlichen Einzelheiten, dem Armreif ähnelte.

Voller Hingabe betrachtete er das Blatt Papier.

Dann klingelte das Telefon, und der Junge schaltete den Computer aus, streifte den Blendschirm ab und ging über die enge Stiege nach unten, um den Hörer abzunehmen.

Pimo meldete sich. Seine Stimme klang aufgeregt. „Hast du was von Tina gehört, Toffie?"

„Nein. Warum? Was ist los?" erkundigte sich Toffie besorgt.

„Ihre Mutter rief mich gerade an. Tina ist abends noch mal aus dem Haus und seitdem nicht zurückgekehrt."

„Wo wollte sie hin?"

„Das weiß Frau Hofmann eben nicht."

„Sie wird bei einer Freundin sein."

„Aber es ist schon nach zehn Uhr, Toffie."

Erschrocken sah Toffie auf seine Armbanduhr. Es war genau acht Minuten nach zehn. Für einen solchen Sommerabend war das keine allzu späte Zeit. Aber Tina achtete immer sehr darauf, bei Dunkelheit zu Hause zu sein. Wenn es länger wurde, benachrichtigte sie ihre Mutter immer, weil sie wußte, daß sie sich sonst Sorgen machte.

Eine düstere Ahnung bedrängte Toffie. Instinktiv spürte er, daß auch Pimo Angst um ihre Freundin hatte.

„Meinst du, es könnte ihr was zugestoßen sein?" fragte er jetzt.

„Sie ist mit dem Fahrrad unterwegs", antwortete Pimo nur.

„Ich komm' mal bei dir vorbei, Pimo."

Vor dem Haus schwang sich Toffie Berger aufs Fahrrad und fuhr zu Pimo hinaus.

Wegen der Diebstähle, die sich in der vergangenen Zeit in Astheim ereignet hatten, war die Stadt in Unruhe. Auch Frau Hofmanns Sorge um ihre Tochter war aus diesem Grund berechtigt.

Pimo wartete bereits mit seinem Fahrrad vor dem Haus der Penks. „Vielleicht ist Tina jetzt daheim", sagte er zu Toffie, als der vor ihm hielt. „Wir fahren mal dort vorbei."

Es war ein friedlicher Abend. Der Halbmond stand am Himmel, und es duftete nach Blüten und frisch geschnittenem Gras. Grillen zirpten.

Tinas Mutter stand besorgt auf dem Gehsteig vor dem Haus und wartete auf ihre Tochter.

„Tina immer noch nicht da?" rief Toffie ihr entgegen.

„Nein", antwortete die zierliche, dunkelhaarige Frau.

Toffie sah auf die Uhr. Es war weit nach halb elf Uhr abends.

„Wo sie nur sein mag?" Frau Hofmanns Stirn furchte sich schmerzlich.

„Vielleicht bei 'ner Freundin, Frau Hofmann", meinte Pimo.

„Ich habe ihre Freundinnen angerufen. Sie ist bei keiner von ihnen, Pimo."

„Merkwürdig", rätselte Toffie. Er warf Pimo einen raschen Blick zu. Der mittelblonde Junge fing diesen Blick auf und verstand sofort. Er nickte.

Tina war irgendwie in der Sache mit den Hügelgräbern unterwegs. Auf eigene Faust. Aber wo?

„Wenn sie nicht gleich kommt, muß ich die Polizei verständigen“, sagte Frau Hofmann in tiefer Sorge.

In diesem Augenblick begann es Viertel vor elf Uhr zu schlagen. Der helle Klang der Kirchenglocke drang durch die Nacht zu ihnen herüber.

„Vielleicht ist sie nur bei Silvano“, sagte Toffie schnell. „An so einem warmen Sommerabend ist die ganze Jugend noch unterwegs, Frau Hofmann.“

„Meinst du wirklich, Toffie?“ Der Gedanke schien die Frau zu beruhigen.

„Ganz sicher“, sagte Pimo. „Sie sind jetzt alle im Stadtpark oder beim Eisessen oder Minigolfspielen oder sonstwas. Oder sie sitzen auf den Felsen der Prillböschung und gucken den Fröschen zu, wie sie ins Wasser springen, oder den Fischen, wie sie nach Luft schnappen. Wer will an einem solchen Abend schon um diese Zeit zu Bett gehen?“

„Wir könnten ja mal losfahren und sie suchen“, schlug Toffie rasch vor.

„Würdet ihr das tun?“ fragte Frau Hofmann freudig und hoffnungsvoll.

„Na klar, gerne“, antwortete Pimo. „Wir strampeln gleich mal los.“

*

Nachdem sie sich verabschiedet hatten, fuhren sie bis zu der alten Steinbrücke, die über die Prill führte, und hielten dort an.

„Hat wohl wenig Sinn, zu Silvano zu fahren, wie?“ fragte Pimo. Seine Augen funkelten besorgt im Licht der Brückenlampe.

„Das Gefühl habe ich auch, Pimo.“

„Meinst du, sie könnte draußen bei den Gräbern sein? Um diese Zeit?“

„Ich glaube es nicht, aber mein Instinkt sagt es mir. Und der hat mich nur selten betrogen."

„Aber was zum Teufel könnte sie dort draußen wollen?"

„Keine Ahnung. Es ist absolut rätselhaft."

„Wir fahren mal raus und gucken nach."

Toffie nickte.

Dann traten sie entschlossen in die Pedale und fuhren aus der Stadt hinaus und auf die brüchige Teerstraße, die in die Wälder führte.

Es war unheimlich und romantisch zugleich. Der Mond legte sein silbriges Licht über die finster daliegenden Wälder. Irgendwo in weiter Ferne kläffte ein Hund.

Toffie und Pimo lenkten ihre Räder in den Lehmweg, der von der Straße abzweigte und über mehrere weitgezogene Kurven in den Wald führte.

Schon nach wenigen hundert Metern sahen sie den alten großen Ford am Wegrand stehen.

„Sieh mal an", murmelte Toffie ahnungsvoll. „Die beiden sind also auch da."

„Sieht fast so aus, als könnten sie sich Tina geschnappt haben", sagte Pimo leise und sorgenvoll.

„Tina ist ein Wiesel", entgegnete Toffie. „Die läßt sich nicht so leicht schnappen. Nachts im Wald rennt die einem ganzen Dutzend Männer auf und davon."

„Aber wenn sie im Loch steckt, Toffie? Auch dann noch?"

Sie hatten ihre Räder angehalten. Im Mondlicht erkannte Toffie den düsteren Ausdruck in den Augen seines Freundes. Er wußte, was Pimo meinte. Und ihm war in dieser Sekunde ebenfalls klar, daß Tina in höchster Gefahr steckte.

„Du könntest recht haben", raunte er. „Deshalb müssen wir jetzt mit großer Vorsicht zu Werke gehen."

Sie schoben ihre Räder tief in den Wald und versteckten sie hinter Büschen. Dann beschrieben sie auf leisen Sohlen einen weiten Bogen durch den Wald, um sich dem Erdloch in der Lichtung von der entgegengesetzten Seite zu nähern.

Fünfzig Meter vor der Lichtung duckten sie sich tief auf den Boden und schlichen behutsam vorwärts.

Schließlich leuchtete vor ihnen das Gras der Lichtung silbriggrün zwischen den Baumstämmen hindurch.

„Halt!“ kommandierte Toffie leise.

Sie verharrten, krochen mit unendlicher Vorsicht auf dem Bauch bis an den Rand der Lichtung vor.

Was sie auf der kleinen, mondbeschienenen Fläche sahen, erfüllte sie mit Schrecken und Bestürzung.

Da kniete ein Mann vor ihrem Erdloch. Er war klein, sein blondes Haar schimmerte im Licht. Er schien leise und beschwörend in dieses Loch hineinzurufen.

„Er redet mit jemandem“, flüsterte Pimo.

„Hoffentlich nicht mit Tina, die in dem Loch gefangen ist“, raunte Toffie. „Komm!“

Sie zogen sich etwas zurück und beschrieben im nächtlichen Wald einen Bogen, um in der Deckung der Bäume näher an ihr Ausgrabungsloch heranzukommen.

Jetzt galt es, mit allergrößter Vorsicht vorzugehen. Auf keinen Fall durften sie selbst entdeckt werden. Denn falls Tina wirklich gefangen in ihrer Erdhöhle steckte, waren sie die einzigen, die ihr noch helfen konnten.

Auf Zehen und Fingerspitzen arbeiteten sie sich zum Waldrand vor. Dort sanken sie nebeneinander in den Schutz der Bäume.

Der blonde kleine Mann am Erdloch war nur noch etwa vier Meter von ihnen entfernt.

Es war eine unheimliche Stille. Irgendwo im Wald schrie ein Käuzchen, während der Halbmond starr und weiß über der Lichtung stand.

„Hörst du mich, Keule, he, hörst du mich?“ rief der Mann vor ihnen in das Erdloch hinab. „Keule, wo bist du? Wo steckst du?“

Unendliche Erleichterung erfüllte Toffie und Pimo. Nun wußten sie endlich, mit wem dieser Blonde geredet hatte. Nicht etwa mit ihrer Freundin Tina, sondern mit seinem eigenen Kumpan.

Tina steckte also doch nicht in dem Loch, sondern befand sich vermutlich bereits längst zu Hause in ihrem Bett.

Doch es mischte sich auch Wut in die Erleichterung. Darüber, daß diese beiden finsteren Typen ihnen hinterherspioniert und ihre Höhle entdeckt hatten. Die beiden Männer wußten, daß sie hier nach wissenschaftlich kostbaren Gegenständen aus vergangenen Jahrhunderten gruben – und an diese Schätze versuchten sie heranzukommen!

Aber mit welchen Methoden! Mitten in der Nacht wühlten sie in dem kurzen gewundenen Gang herum, der ja nach wenigen Metern endete. Das war bezeichnend dafür, wie es um den Geisteszustand der beiden Männer bestellt war.

„He, Keule!" rief der Blonde wieder, den Kopf tief in das Erdloch gesteckt. „Hörst du mich?"

Eine Antwort war nicht zu hören. Dafür aber ging aus dem Ruf des Blonden eine bestürzende Neuigkeit hervor.

„Was hast du gesagt, Keule? Was?" rief der Mann am Erdloch. „Ich habe dich nicht verstanden. Da ist jemand? Da ist noch jemand in dem Loch? Ist das wahr?"

Wieder blieb es still.

Dann rief der Blonde gepreßt in das Loch hinein. „Komm raus, Keule, komm sofort raus, hörst du? Sie bringen dich um. Ich sage dir, diese Menschen aus der Bronzezeit existieren noch. Unter der Erde. In diesen Höhlen. Und sie bringen dich um."

Erneut regte sich nichts im Dunkel des Waldes.

Dann hörten Toffie und Pimo zu ihrem Entsetzen ein dumpfes, unterirdisches Geräusch. Ein Poltern und Schlagen.

„Tina steckt in der Höhle", flüsterte Pimo voll Angst.

Toffie raunte entsetzt: „Sie ist auf eigene Faust eingestiegen. Und die beiden Männer haben sie jetzt zufällig entdeckt."

„Tina ist verloren", raunte Pimo angstvoll. „Wir müssen ihr helfen."

In diesem Augenblick sahen sie, wie der Blonde am Einstieg zur Höhle zurückwich und wie der Kopf eines anderen Mannes auftauchte. Und dann wurden sie Zeuge eines aufschlußreichen Dialogs.

„Es ist jemand unten“, keuchte der Mann im Einstieg. Sein Kopf war massig, und er hatte dunkles Haar. „Ich bin mir nicht sicher, aber ich glaube, es ist ein Mensch.“

„Ein Mensch? Was für ein Mensch denn?“ rief der Blonde ängstlich.

„Was weiß ich, wenn ich ihn nicht gesehen habe! Wie soll ich ohne Lampe etwas sehen können?“

„Könnte es nicht auch ein Tier gewesen sein?“

„Auch möglich, aber ich glaube es nicht. Ich habe nur ein Gesicht gesehen, als ich das letzte Streichholz entzündete.“

„Wie sah es aus, Keule?“

„Schrecklich. Es war klein, hellhäutig, aber mit dunkler Erde verkrustet und verschmutzt.“

„Ein Höhlenmensch!“

„Dieses Tier oder Mensch oder was immer es war, hatte rötliches, filziges Haar und braune, funkelnde Augen.“

„So sehen sie aus, Keule, die Erdmenschen. Die in diesen Fuchsbauten und Erdlöchern herumkriechen. Komm lieber raus, laß dich mit denen nicht ein. Sie haben einen giftigen Atem, mit dem sie dich umbringen können.“

„Unsinn, Bisam. Nur keine Panik. Wir müssen jetzt mal wieder ganz logisch denken, hast du gehört?“

„Wie soll man in einer solchen Situation logisch denken, Keule!“ rief Bisam, der Blonde, verzweifelt.

„Hast du noch Streichhölzer?“

„Nein.“

„Ich krieche jetzt trotzdem noch einmal in den Gang hinein. Vielleicht kann ich dieses gespenstische Lebewesen ertasten und packen.“

Pimo näherte seinen Mund zu Toffies Ohr. Er raunte: „Jetzt kommt’s drauf an, Toffie. Jetzt droht höchste Gefahr.“

Bisam meldete sich gequält: „Geht denn der Gang dort unendlich weiter? Hat er überhaupt kein Ende?“

„Doch. Da ist ’ne Wand“, antwortete Keule. „Sie besteht aus Erde und dichtem Wurzelgeflecht. Aber in dieser Wand ist wiederum ein Loch. Und dieses Lebewesen steckt hinter dem Loch.“

Diese Nachricht schoß wie eine sengende Flamme durch Toffie und Pimo hindurch. Mit einem Schlag war ihnen klar, wie die Lage dort unten aussah und was überhaupt geschehen war.

Tina war allein in die Höhle eingedrungen. Und sie hatte eine Stelle in der Höhlenwand entdeckt, die sie durchbrechen konnte. Dann hatte sie sich auf die andere Seite hinübergezwängt. Dies war gleichzeitig ihre Rettung.

„Bisam, ich versuche jetzt, durch dieses zweite Loch hindurchzugelangen, um mir diesen Höhlenmenschen zu packen. Hast du gehört?“ sagte der schwarzhaarige Mann.

„Ja, ich habe gehört“, antwortete der Blonde.

Im selben Augenblick versank der Kopf von Keule auch schon in dem Loch. Und jetzt war es für Toffie und Pimo allerhöchste Zeit, um zu handeln.

Toffie raunte Pimo blitzschnell ins Ohr: „Weißt du, was wir jetzt tun?“

Pimo nickte. Er war ebenfalls auf einen Gedanken gekommen, und zwar auf denselben, den Toffie auch hatte. „Wir spielen Höhlenmenschen und jagen die beiden durch den ganzen Wald, bis ihnen Hören und Sehen vergeht.“

„Genau!“ tuschelte Toffie.

Sie wichen im Wald zurück und trennten sich.

Sekunden später ließ Pimo ein helles, quietschendes Kichern hören. „Hihihihihi!“ rief er. „Hihihihik! Hihihihik!“

Bisam sprang entsetzt vom Boden auf. „Was ist das? Was war das?“ rief er entsetzt. „Keule, Keule, hast du gehört?“

Toffie war durch den Wald gehuscht und ließ ebenfalls ein seltsam helles, kicherndes Quietschen hören. „Hihihihik! Hihihihik.“

Pimo meldete sich von der gegenüberliegenden Seite. „Hihihikikiki! Hihihihihiiiiieeeh!“

„Keule!“ schrie Bisam verzweifelt in das Erdloch hinein. „Sie kommen aus ihren Löchern! Komm raus, Keule, laß uns flüchten! Sie kriechen aus ihren Höhlen und wollen uns umbringen!“

„Hiiiiihiiiihik! Hiiihiiiieehh!“ scholl es durch den Wald.

Von allen Seiten drang der Schrei auf Bisam ein.

„Keule, komm raus! Komm raus!“ schrie der kleine Blonde gequält. Er machte einige taumelnde Schritte in den Wald hinein, fuhr entsetzt zurück, als nur wenige Meter vor ihm der helle kichernde Schrei ertönte. „Hiiiiiehhh! Hihihikk! Hiiieeh! Hiieehih!“

In diesem Augenblick verlor Bisam, der ohnehin kein Meister im Analysieren einer Situation war, vollends die Besinnung. Ohne sich weiter um Keule zu kümmern, der noch in der Erdhöhle steckte, begann er zu laufen. Er rannte quer durch den Wald, ohne überhaupt zu wissen, wohin.

Nur von dem einen Wunsch war er beseelt: Weg! Weg von dieser Lichtung, auf der sich zu nächtlicher Stunde die Höhlengeister versammelten.

Weiter und weiter lief er, mit vorgehaltenen Händen. Manchmal prallte er gegen einen Baum, fiel hin, rappelte sich auf. Er stolperte über Wurzeln, setzte seine unbesonnene Flucht tiefer und tiefer in den Wald fort.

Endlich blieb er stehen, keuchend gegen einen Baum gelehnt.

Weit hinter ihm gellten die teuflischen, hellen Schreie durch den Wald. „Hiiieeh! Hihihihik! Hiieeehieh!“

„O Gott, Keule ist verloren“, stöhnte Bisam. Er rutschte an dem Baumstamm nieder und sank schnaufend ins Gras. „Sie bringen ihn um. Sie bringen ihn um“, keuchte er.

Wieder und wieder gellte das feine, helle, ferne Kichern an sein Ohr.

Schließlich erhob sich Bisam taumelnd und machte sich

weiter auf seinen Weg durch den Wald. Längst hatte er die Orientierung verloren. Er wandte den Kopf nach oben, zum Halbmond.

Doch der Stand starr über ihm. Nicht einmal an diesem Gestirn konnte sich Bisam orientieren.

Und so irrte der kleine Mann hilflos weiter durch den nächtlichen Forst. Während sich die gespenstischen Rufe der vermeintlichen Höhlenmenschen in der Ferne mehr und mehr verloren.

7. Tinas gefährliches Erlebnis

Fasziniert stand Tina auf dem Boden der neuen Höhle, nachdem sie sich durch ihr enges Loch hindurchgezwängt hatte. Die Taschenlampe in ihrer Hand warf ihr ruhiges, helles Licht über die gelblichbraunen Lößwände, die zu einem bizarren Höhlengebilde ausgeformt waren.

Erstaunlich für das rothaarige Mädchen war, daß Teile dieser labyrinthartig verlaufenden Gänge auf natürlichem Wege entstanden schienen, vielleicht durch Auswaschungen oder Absenkungen der Erde.

Einige der Gänge aber wirkten auf Tina, als wären sie in geplanter Absicht, also durch Menschenhand, erschaffen worden. Sie hatten ursprünglich wohl sauber geschnittene Wände, die allerdings teilweise eingebrochen oder aber auch abgefallen waren.

Alle diese abzweigenden Gänge waren sehr niedrig, keiner von ihnen höher als etwa einen Meter.

Neugierig ließ das Mädchen den Strahl aus ihrer Taschenlampe in die Gänge hineinwandern. Da war eine röhrenartige Ausformung im hellen Löß, die sich nach etwa fünfzehn Metern zu einer Art Gewölbe weitete. Andere Gänge waren verschüttet, endeten im dichten Wurzelgeflecht der Waldbäume.

„Unglaublich“, murmelte Tina staunend.

Sie war hellwach. Am liebsten hätte sie noch in dieser Nacht das gesamte Höhlen- und Röhrensystem ausgekundschaftet. Die Zeit in ihrer Einteilung in Stunden und Minuten spielte hier unten in der Tiefe überhaupt keine Rolle mehr.

Schließlich aber besann sich Tina doch. Sie wandte sich um, wollte durch die enge Öffnung in die Vorhöhle zurückkriechen, um dann wieder hinauf auf die Waldlichtung zu steigen.

In diesem Augenblick erstarrte sie. Ihr Blick fuhr blitzschnell und gewarnt nach oben zur Höhlendecke.

Etwas Grausiges ereignete sich.

Aus diesem hellen Löß, der gelblich glitzernden Decke unmittelbar über ihrem Kopf, löste sich Erde, rieselte in einem feinen Sandstrahl nieder.

Dann brachen kleine Brocken ab, fielen polternd nieder. Sekundenlang mischte sich Staub unter die modrig-faulige Luft.

„Was ist das?“ fragte sich das Mädchen entsetzt. Doch sogleich machte sich in ihr wissenschaftliche Neugierde breit. Tina gewann ihre Nüchternheit zurück, die immer schon einer ihrer wichtigen Wesenszüge war.

Dumpfe Geräusche waren zu hören. Dumm, dumm, dumm, dumm – so machte es über ihr.

„Da geht jemand“, konstatierte sie ganz cool.

Freude schwoll plötzlich in ihr an. Ein Gefühl von Erleichterung. „Die beiden werden staunen, wenn ich ihnen meine Entdeckung offenbare“, dachte sie.

In diesem Augenblick war sie noch felsenfest davon überzeugt, daß Toffie und Pimo in den Wald zurückgekehrt waren, um sie zu suchen und heimzuholen, nachdem vielleicht ihre Mutter in Sorge geraten war und die beiden verständigt hatte.

„Die werden Augen machen“, murmelte Tina jubelnd und machte sich daran, sich durch das enge Loch hindurchzuzwängen.

Doch dann erlosch ihre Euphorie innerhalb einer Sekunde, und Entsetzen bedrängte sie, schnürte ihr fast die Atemluft ab.

Da war die Stimme eines Mannes. Dunkel und bedrohend. Und die Stimme eines zweiten Mannes.

„Es sind gar nicht Toffie und Pimo“, raunte Tina erschrokken.

Sie knipste die Taschenlampe aus, um sich nicht zu verraten. Noch hatte sie eine Chance. Eine sehr große Chance sogar. In ihrer Höhle konnte sie sich noch einigermaßen sicher fühlen.

Aber trotzdem. Die Sache konnte auch sehr gefährlich werden.

Und sie wurde gefährlich.

Die Stimmen der beiden Männer hallten lauter in die Höhle herab.

Dann vernahm das Mädchen ein Scharren und Poltern, einen dumpfen Aufprall und eine laute Männerstimme.

Diese Stimme war bereits ganz nah.

„Sie kommen", flüsterte sie. Sie konnte nichts dagegen tun, daß ihr Herz laut schlug – wie Kirchenglocken in ihren Ohren – und daß ein angstvolles Beben ihren Körper durchlief.

Da war die tiefe Stimme eines Mannes, der jetzt in die Vorhöhle drang und immer näher kam. Und weiter entfernt folgte ihm die hellere Stimme eines anderen Mannes, der offensichtlich oben auf der Waldlichtung zurückblieb.

Tina war völlig klar, daß diese beiden Männer identisch waren mit den Männern in dem großen alten Ford. Und vielleicht sogar mit den Übeltätern, die seit Tagen mit ihren Diebstählen Astheim in Unruhe versetzten.

Ein unbestimmtes Gefühl der Angst ergriff mehr und mehr von ihr Besitz. Zwar sagte sie sich, daß ihr Fluchtwege offenstanden – in das Röhrensystem, das hinter ihr lag. Aber sie wußte nicht, wohin diese Verästelungen führten. Womöglich endeten sie in Sackgassen, in denen sie dann völlig verloren war.

Plötzlich sah sie Licht, während sich der Mann jenseits ihres Loches scharrend und schlurfend näherte. Lichtblitze waren es, die durch die Finsternis zuckten. Winzige rote und weiße Blitze, dann ein kurzes Aufflackern.

Mehrere Sekunden lang geisterte dort draußen das Licht eines Flämmchens über die hellgelben Lößwände. Dann erlosch das Licht, und die totale Dunkelheit breitete sich wieder aus.

Sie hörte den Mann neben sich fluchen. ‚Streichhölzer!' fuhr es ihr durch den Sinn. ‚Er entzündet Streichhölzer, und die Zugluft bläst ihm jedesmal die Flamme aus!'

Einen Augenblick lang hatte sie die Empfindung, als würde ihr diese geheimnisvolle Höhle helfen, als existierten hier Geister, die auf ihrer Seite standen – zum Beispiel diese ständige Zugluft, die die Streichholzflammen immer wieder ausblies.

Näher und näher kam der Mann, fluchend, weil er mit dem Kopf anstieß und gezwungen war, sich immer tiefer gebückt vorzuarbeiten.

„Verdammter Mist!" hörte Tina ihn schimpfen. „Was ist denn das? Erde und Wurzeln. Möchte nur wissen, was diese verdammten Bälger hier suchen. Vielleicht Gold? Gibt es hier etwa Goldadern im Gestein?"

Halb ängstlich, halb belustigt bekam Tina mit, wie der Mann Erde von den Wänden kratzte, als versuchte er tatsächlich, auf diese Weise auf den harten Strang einer Goldader zu stoßen.

„Aha, da habe ich was gefunden!" jubilierte er plötzlich mit seiner dunklen Stimme. „Sieh mal an! Ein Fund! Aber was das nur sein mag?"

Auch das Mädchen auf der anderen Seite der Wand rätselte, was dieser Mann wohl gefunden haben mochte.

„Aha, da fühle ich was", knurrte der Mann. „Etwas Hartes. Und was ist das? Und das? O nein!" schrie er plötzlich gellend, und sein Schrei hallte dumpf in den Höhlen weiter. „Ein Skelett!"

Tina hörte, wie der Mann einen Gegenstand von sich warf. Im selben Augenblick wußte sie schon, daß der Mann bei seiner Suche auf das Gerippe des Fuchses gestoßen war.

Dann aber wurde es wieder gefährlich. Denn der Unheimliche stand jetzt vor ihrem Loch und damit unmittelbar vor ihr.

„Da ist schon wieder eine Wand", knurrte er ungeduldig. Seine Hände tasteten sich über diese Lößwand, Erde brach ab und rieselte nieder.

„Oh, ein Loch!" rief der Mann entzückt.

Tina wich um einen Schritt zurück. Sekundenlang hatte sie sogar den Atem des Mannes gespürt.

Jetzt wurde es verdammt bedrohlich. Tina holte mit der Taschenlampe aus, um zuzuschlagen, falls der Mann sich durch die enge Öffnung zu ihr hinüberarbeiten wollte. Denn wenn er erst auf ihrer Seite der Höhle war, das war ihr klar, dann war sogar ihr Leben in höchster Gefahr.

„Verdammt eng das Loch", brummte der Mann unwirsch. Offenbar hatte er das Ausmaß der Öffnung abgetastet. „Aber dahinter geht es weiter. Dort liegen wohl all die Schätze, nach denen diese Halbwüchsigen buddeln."

Es war ein grausiges Erlebnis, selbst für ein Mädchen wie Tina, die in allen Situationen cool und überlegt blieb. Da war ein Mann, nicht weiter als vielleicht einen Meter von ihr entfernt. Wenn er seinen Arm durch das Loch zu ihr hindurchreckte, konnte er sie fast berühren.

Wieder wich sie einen Schritt zurück. Noch einen. Dabei stieß sie mit der Schulter gegen die Wand. Erde polterte nieder.

„Halt, da ist jemand!" rief der Mann. „Ich habe etwas gehört!"

Eine Weile blieb es still in dieser grausigen Finsternis.

„Da steckt jemand drin. In dieser Höhle dort drüben", rief der Mann leise. „Ein Mensch. Oder ein Tier. Verdammt, wenn ich wenigstens noch ein einziges Streichholz hätte, dann könnte ich dort hineinleuchten."

‚Wie gut, daß er kein Streichholz mehr hat! Es ist meine Rettung! Oh, es ist meine Rettung!' jubelte Tina in ihrer bedrängten Lage.

Doch in diesem Augenblick rief der Mann entzückt. „Da ist ja noch eins! Ich habe noch ein Streichholz! Ein allerletztes!"

Ein langgezogener, rötlicher Blitz schoß durch die Öffnung im Löß, als der Streichholzkopf kratzend über die Reibfläche fuhr. Dann entfaltete sich der helle, warme Schein, als die Flamme von dem kleinen Holz Besitz ergriff.

Entsetzt sah Tina, was nun geschah.

Da war eine Hand. Eine klobige Männerhand, die ein brennendes Streichholz hielt. Diese Hand mit dem flammenden Hölzchen erschien in dem Loch. Und dann erschien dieses Auge, dieses dunkle grausige Auge.

Tina starrte in das Gesicht, das die Öffnung fast ausfüllte. Angst würgte sie.

Nur eine Sekunde lang standen sie sich so gegenüber, Auge

in Auge, nicht weiter als einen knappen Meter voneinander entfernt.

Dann plötzlich erlosch das Lichtchen in der Zugluft. Erneut herrschte totale Dunkelheit.

Dann hörte Tina, wie der Mann, der offensichtlich selbst erschrocken war, zurückwich und sich entfernte.

Es hörte sich an wie eine Flucht. Er schlug dumpf gegen Wände, fluchte. Ein Scharren und Poltern begleitete seinen Weg, bis sich diese Geräusche in dem gewundenen Gang verloren, der zum Aufstieg in die Waldlichtung führte.

„O Gott", stöhnte Tina. „Das war verdammt knapp."

Nur einen Augenblick lang freute sie sich darüber, daß der schreckliche Kerl verschwunden war. Dann aber war ihr klar, daß er wiederkommen würde – mit der Absicht, sie anzugreifen.

Und genau so kam es auch. Wieder schlug das Herz des Mädchens in Angst, als der finstere Kerl sich näherte. Tina hatte noch dieses Gesicht vor Augen: fleischig, mit dunklem Haar und dunklem Bart, mit diesen finster glitzernden Augen.

Sie war entschlossen, bis zum letzten zu kämpfen. Bis zum Tod. Wenn sie jetzt schon sterben sollte, dann wenigstens im verzweifelten Überlebenskampf gegen einen Mann, der ihr in seiner Kraft haushoch überlegen war. ‚Toffie, Pimo, helft mir doch!' flehte sie. ‚Kommt und helft mir. Bitte!'

Das Rumpeln und Poltern näherte sich. Der Mann schien jetzt zu allem entschlossen.

Gleichzeitig aber vernahm Tina über sich geheimnisvolle Klopfzeichen, die durch die Decke zu ihr drangen.

‚Was ist das?' fragte sie sich aufgeschreckt.

Sie vernahm auch ganz aus der Ferne ein seltsam hohes Kichern. Gleichzeitig schoß ihr die Erinnerung an dieses Kichern durch den Kopf: So hatten sie als Kinder immer gerufen, wenn sie bei nächtlichen Geländespielen irgendwelche Geister oder Gespenster nachahmten.

Und wieder waren da die Klopfzeichen.

‚Es sind Toffie und Pimo!' jubelte sie innerlich. ‚Sie kommen, um mich zu retten!'

Doch vielleicht war es zu spät. Schon polterte es unmittelbar vor ihr gegen die Wand.

„Ich kriege raus, was das war, ein Mensch oder ein Höhlengeist oder irgendeine seltsame Erdbestie", knurrte der Mann.

Und dann begann er mit beiden Händen brutal in die Öffnung zu greifen und gewaltige Brocken aus der Wand herauszureißen.

„Warte, ich komme!" schrie er herüber, so laut, daß es schien, als wollte er sich selber Mut machen. „Erst will ich wissen, was es mit diesem rothaarigen Erdgeist auf sich hat! Auch wenn ich kein Licht bei mir habe! Ich werde ihn mit meinen beiden Händen packen und hinaus ins Mondlicht zerren. Jawohl, das werde ich! Komm heraus, du seltsame Bestie! Na, los, greif an!"

Tina wich bebend zurück. Sie hatte das Gefühl, daß nur noch Sekunden über ihr Leben entschieden. Denn schon brach die Wand vor ihr unter dem brutalen Zugriff des schrecklichen Kerls ein. Erdmassen polterten über ihre Füße.

‚Pimo, Toffie, kommt und helft mir! Helft mir doch!' wimmerte sie innerlich.

Und dann merkte sie, wie der Kerl sich durch die entstandene Öffnung zwängte. Sie spürte seinen Atem, der nach billigem Rotwein roch, hörte seine dunkle Stimme: „Wo steckst du, he? Komm her, ich krieg' dich. Jawohl, Pit Keule ist gekommen, um dich hinauszuschaffen! Ans Mondlicht! Und dort geht es dir dreckig! Dann bring' ich dich um! Aber vorher will ich von dir Höhlengespenst noch wissen, was es mit dieser Buddelei auf sich hat."

Tina Hofmann wich zurück. Sie drückte sich an die Wand, duckte sich, versuchte, in einen der weiterführenden Gänge zu schlüpfen.

Doch das schien der Kerl mitzubekommen. „Aha!" gellte er triumphierend. „Ich höre dich! Du bist ganz nahe! Hahahaha!"

Ein schauriges Gelächter füllte die Höhle. „Wo steckst du, he? Gleich fasse ich dich!“

Tina drückte sich noch tiefer in einen der Gänge. Doch dann wurde ihr bewußt, daß es eine der Röhren war, die wie ein Schlauch ins Innere der Erde verliefen und sich immer weiter verengten.

‚Rechts davon! Weiter rechts!‘ schoß es ihr durch den Sinn. Da war ein etwa meterhoher Gang, der einzige mögliche Fluchtweg für sie!

Sie tat einen Schritt nach vorn.

Und da berührte der Mann sie. Seine Hand schloß sich wie eine stählerne Kralle um ihren Arm.

„Ich habe dich! Ich habe dich!“ johlte er.

Tina riß sich noch einmal los, wich zurück, preßte sich in der Finsternis an die Wand.

„Wo steckst du, he?!“ gellte die Stimme des Mannes durch die Höhle. Sein Alkoholdunst breitete sich aus.

‚Toffie, Pimo‘, flehte Tina in Gedanken. ‚Wo seid ihr denn? Wo seid ihr? Er bringt mich um! Er bringt mich jede Sekunde um!‘

In diesem Augenblick fuhr ein anderer Schrei durch die Höhle. „Hiiiihiieh! Hiieehihihihik! Hiieehiiheeiih!“

‚Es sind Toffie und Pimo!‘ schoß es Tina durch den Kopf.

„Verdammt, was ist das?“ brüllte der schreckliche Kerl.

„Hiieehiih! Hiehihihihik! Hiieehiieeh!“ gellte es durch die Höhle. Ganz nah. Toffie und Pimo waren durch den Einstieg heruntergeklettert und geisterten jetzt in unmittelbarer Nähe durch die Höhle. „Hiiihiiihiih!“ schrien sie. „Hihihihik! Hiiihiihii!“

„Es sind Höhlengeister! Es sind Höhlengeister!“ johlte der Mann entsetzt. „Es ist kein Tier und auch kein Mensch! Es sind Höhlengeister hier unten! Und nicht nur einer, sondern eine Menge davon!“

„Hiieehiihihihi!“ schrie es draußen unablässig. „Hihihihihik!“

Und jetzt begann auch Tina mit ihrem hellen, gellenden Schrei: „Hihihihihi! Hihihihi!"

„Nichts wie raus hier!" schrie der Mann voller Angst.

Tina hörte, wie er sich der Öffnung zuwandte, sie ertastete, polternd auf die andere Seite der Wand gelangte. „Nichts wie weg von hier! Die Höhle wimmelt ja von Gespenstern!" brüllte er voll Entsetzen. „Bisam! Bisam! Wo steckst du! Hilf mir doch! Hilf mir!"

„Hiiieeh! Hiieeh!" gellte es um seine Ohren. Überall waren jetzt diese Schreie. Vor ihm wichen sie zurück, hinter ihm folgten sie, bedrängten ihn. Es waren Dutzende. Vielleicht sogar Hunderte dieser grausigen Höhlengeister, die diese schaurige Unterwelt bevölkerten.

„Raus! Nichts wie raus!" Nur dieser eine Wunsch beherrschte Pit Keule noch.

Er tastete sich mit vorgehaltenen Händen weiter. Einmal schien es ihm, als stieße seine Hand in etwas Warmes, Lebendiges. Dann waren da nur noch Wände in der Finsternis, Erde, die sich krachend von den Wänden löste.

„Hiieeh, Hiieeh!" tat es schaurig grell. „Hiiihiihhii! Hihihihihihik!"

Vor ihm. Hinter ihm. Überall um ihn herum.

Dann endlich sah Pit Keule das Mondlicht. Die Öffnung ins Freie hinauf. Doch was war das? Das Herz blieb ihm fast stehen vor Entsetzen. Da verdunkelte sich das Licht wieder. Da krochen vor ihm diese grausigen Lebewesen nach oben, machten die Öffnung wieder frei.

„Hihihihhhihik! Hiieeh! Hiieeh! Hiiieeh!" Mit ihrem Urschrei verschwanden sie.

Und verfolgt von dem gellenden Gespensterrufen aus dem Inneren der Höhle, kletterte Pit Keule über die Trittstelle nach oben und stemmte sich ins Freie.

Da vorne! Gerade noch nahm er sie wahr. Einige von ihnen. Wie sie als kleine, dunkle Schemen im Wald verschwanden.

„Hiieeh! Hiihihihihik! Hiieeh!" So gellte ihr Ruf durch den

dunklen Wald. Und auch in der Höhle, unter ihm in diesem fürchterlichen Loch, verfolgten ihn die Geister der Erde. „Hhiinihihihih! Hihihihi!“

„Nichts wie weg!“ schrie Keule.

Und dann rannte er los, in den Wald hinein, mit vorgehaltenen Händen. Er rumpelte gegen Bäume, fiel hin, rappelte sich auf, rannte um sein Leben, verfolgt von den gräßlich grellen Schreien, die gottlob weiter und weiter zurückblieben.

Erschöpft, zu Tode entsetzt, taumelnd, erreichte Pit Keule endlich sein abgestelltes Auto.

Er schwang sich hinters Lenkrad, startete den Motor, schaltete die Lichter ein und fuhr los.

‚Nichts wie weg!‘ schoß es ihm durch den Sinn.

Erst jetzt wurde ihm bewußt, daß Bisam ja gar nicht im Wagen saß, Bisam, der ihn noch gewarnt hatte. War er etwa ein Opfer der grausigen Höhlenwesen geworden?

Ganz sicher war es so. Aber wie sollte er ihm jetzt noch helfen? Das war ausgeschlossen. Noch einmal zurückkehren? An die entsetzliche Stätte, die ihn fast selbst das Leben gekostet hätte?

Nein! Nie und nimmer! Pit Keule gab Gas und schoß in seinem Wagen auf der brüchigen Asphaltstraße dahin, der Stadt Astheim entgegen.

*

Zur selben Minute trafen sich Toffie, Pimo und Tina auf der mondbeschienenen Waldlichtung.

„O Gott, das war allerhöchste Zeit!“ stöhnte Tina. „Wie seid ihr nur darauf gekommen, daß ich in der Höhle stecke?“

„Kombinationsgabe!“ Pimo drückte den Zeigefinger gegen seine Stirn. „Deine Mutter hat dich gesucht, und da dachten wir, du könntest hier sein.“

„Ich habe den Fortgang der Höhle entdeckt!“ begann Tina wie im Fieber zu berichten. „Als ich mich durch das neue Loch

hindurchgezwängt hatte, kamen die beiden. Erst dachte ich, ihr beide wärt es. Aber dann ..."

Und nun erzählte sie, wie sich alles aus ihrer Sicht ereignet hatte.

„Denen haben wir es gezeigt", grinste Toffie. „Aber jetzt, glaube ich, wird es endlich Zeit, nach Astheim zurückzukehren."

„Toffie hat recht", sagte Pimo. „Nichts wie nach Hause. Bevor sie Vermißtenanzeige aufgeben und uns mit der Polizei suchen."

Als sie auf ihren Fahrrädern heimfuhren, konnten sie nicht ahnen, daß ein Mann im Wald zurückblieb. Bisam, der kleine Blonde, der hilflos und ziellos in der Dunkelheit herumirrte.

*

Am nächsten Morgen trafen sich Tina, Toffie und Pimo während der Pause auf dem Schulhof.

Es war wieder ein schöner Sommertag, ohne Wolken. Aber es lag doch ein Schatten darüber. Keiner von ihnen befand sich in besonders guter Stimmung.

„Die beiden Ganoven Bisam und Keule haben uns den Spaß an den Ausgrabungen ziemlich vermiest", sagte Pimo bedrückt.

Tina nickte. „Daß die beiden ausgerechnet nach Astheim kommen mußten, um hier ihr Unwesen zu treiben. Hätten sie sich keine andere Stadt aussuchen können?"

Und Toffie fügte nachdenklich hinzu: „Wäre alles nicht so schlimm, wenn sie nicht irgendwann unsere Fahrräder draußen am Lehmweg entdeckt und uns nachgespürt hätten. Jetzt müssen wir ständig vor ihnen auf der Hut sein."

„Und das dumme ist, daß sie noch nicht mal was Verbotenes tun, wenn sie uns hinterherspionieren", sagte Pimo. „Denn uns gehört diese Erdhöhle schließlich ebensowenig wie Keule oder Bisam."

Unangenehm war, daß Tina, Toffie und Pimo überhaupt keine Informationen über Keule und Bisam besaßen, abgesehen von einem Reifenabdruck und von der Fußspur. Sie wußten nicht, woher die beiden kamen oder wo sie in Astheim lebten.

Keule und Bisam waren wie Phantome, die aus dem Nichts auftauchten und ins Nichts verschwanden, die aber ständig Bedrohung und Gefahr für sie bedeuteten.

Deshalb sagte Toffie ganz folgerichtig: „Wir müssen herausfinden, wer die beiden sind und wo sie wohnen. Es darf nicht so sein, daß Keule und Bisam uns hinterherschnüffeln. Sondern wir müssen sie auskundschaften. Nur so können wir sie kontrollieren."

Die Pausenglocke schrillte. Die Masse der Schüler schob sich wieder den Eingängen zu.

„Toffie hat recht", erklärte Pimo. „Als allererstes müssen wir herausfinden, wo die beiden in Astheim hausen. Von da an müssen wir sie dann ständig beschatten. Vielleicht schlagen wir auf diese Weise gleich zwei Fliegen auf einmal."

Tina und Toffie fixierten den Freund.

„Wie meinst du das?" fragte Tina.

„Na, ich meine, wir haben keinerlei Handhabe gegen die beiden, solange sie nichts ausgefressen haben. Unsere Erdhöhle steht ihnen im Grunde ebenso offen wie uns auch. Wenn wir aber herausfinden, daß sie es sind, die die Diebstähle in Astheim begehen, dann wandern sie ins Kittchen, und wir sind sie los."

Gegen dieses Argument war nichts mehr einzuwenden.

*

Der Gedanke motivierte die drei und flößte ihnen neue Zuversicht ein. Sie mußten Pit Keule und Bisam überführen. Dann waren sie sie los, und dann konnten sie in aller Ruhe die Hügelgräber weiter ausforschen. Das war ihr neuer Plan.

Bereits am Nachmittag begannen sie mit der Spurensuche, die sich allerdings als schwierig und mühsam erwies. Jeder von ihnen ging dabei eigene Wege.

Tina fuhr mit ihrem Fahrrad kreuz und quer durch Astheim, hielt die Augen offen, fragte in Geschäften nach, quetschte Leute aus.

Toffie fuhr allein hinaus in den Wald, um dort nach Spuren zu suchen. Dabei mußte er natürlich höllisch vorsichtig sein, denn es war ja möglich, daß Keule und Bisam erneut dort auftauchten. Wenn sie ihn erst einmal entdeckten, würden sie vermutlich alles daransetzen, um ihn zu überwältigen. Die Folge wäre dann wohl, daß sie ihn verschleppen und foltern würden, um herauszukriegen, wo die Schätze lagen, die er, Pimo und Tina suchten.

Kerle wie Bisam und Keule waren zu allem fähig, wenn es um Geld ging. Das war Toffie klar. Sie hatten dann nur eines im Sinn: so schnell wie möglich an den verborgenen Schatz heran und danach für alle Zeiten aus Astheim verschwinden.

Deshalb ging der blondgelockte Junge mit äußerster Vorsicht zu Werke. Sein Fahrrad hatte er tief unter ein Brombeergestrüpp am Waldrand verborgen. Es war absolut unauffindbar. Er selbst hatte Tarnkleidung angelegt, nämlich Kleidung in Waldfarben, braune Schuhe, grüne Hose, hellbraunes Hemd.

So schlich und huschte er jetzt durch denWald und hielt sich dabei nahe am Lehmweg, um nach Spuren zu suchen. Als erstes entdeckte er eine Coladose auf dem offenen Feld, unter dem die Hügelgräber lagen.

Toffie nahm die Dose an sich. Einen Augenblick lang glaubte er, der Bauer, dem das Feld gehörte, hätte sie womöglich weggeworfen. Dann aber wurde ihm bewußt, daß ein Landwirt niemals sein eigenes Feld verunreinigen würde. Und er schaute sich die Dose genauer an.

Ein winziges gelbes Preisetikett haftete daran. Der Aufdruck verriet, daß die Dose in einem kleinen Geschäft in der Siedlung jenseits des Friedhofs erworben worden war.

Toffie kannte den Laden. Er gehörte einer alten Frau. Es war einer der typischen Tante-Emma-Läden, die jetzt nach und nach ihre Existenz aufgaben, weil sie gegen die Supermärkte keine Chance mehr hatten.

Toffie nahm sich vor, dieser Frau einen Besuch abzustatten. Vielleicht wußte sie ein wenig mehr über ihre seltsame Kundschaft, über die beiden Männer Keule und Bisam.

‚Dort gibt es einen Gasthof', dachte Toffie. ‚Gasthof Postillion, so heißt er. Ob die beiden vielleicht dort drin wohnen...?

Mit der Dose in der Hand machte er sich weiter auf die Spurensuche.

Währenddessen war Pimo mit dem Fahrrad unterwegs, um seinen Auftrag auszuführen, der ebenfalls Teil der Recherchen war. Pimo besuchte jene Leute, die in den vergangenen Tagen bestohlen worden waren.

Er stattete der Tankstelle einen Besuch ab, in der der Kanister Öl geklaut worden war, besuchte die Frau, aus deren Auto Lebensmittel gestohlen wurden, und alle anderen Orte, an denen ein Diebstahl stattgefunden hatte.

Da gab es einen weißhaarigen Rentner, dessen Wohnung ganz offensichtlich durchsucht worden war, während er selbst hinten im Garten seine Rosen beschnitten hatte.

Die Gangster hatten bei ihm nichts gefunden, weil er wenig besaß. Aber sie hatten im Garten, auf ihrer Flucht durch die Hecke, eine Spur zurückgelassen: eine Zigarettenschachtel Marke „Gelbhände".

Pimo steckte die Schachtel ein und dankte dem alten Herrn. Wieder fügte sich ein Indiz in das Mosaik, das sie sich so mühsam aufbauten.

„Kommt auch in die Computer-Datei", murmelte Pimo befriedigt vor sich hin, als er auf der Straße aufs Fahrrad stieg, um weiterzufahren.

Währenddessen spürte Toffie Berger weiterhin wie ein geübter Fährtensucher durch den Wald. Den Blick auf den Boden gerichtet, hin und wieder wachsam um sich spähend, schlich er von Baum zu Baum.

So erreichte er die kleine Waldlichtung mit ihrem Einstieg in die unterirdische Höhle.

Das Loch war verbreitert, nachdem der bullige Keule sich hindurchgezwängt hatte. Sonst aber wies nichts an diesem idyllischen Platz auf die dramatischen nächtlichen Ereignisse hin.

Wie immer zwitscherten Vögel im Wald. Und in den Kronen der Bäume rauschte der Wind.

Eine Weile sah Toffie auf den kleinen Platz hinaus. Er war versucht, noch einmal in die Höhle einzudringen. Dann aber wurde ihm klar, daß ein solches Vorhaben ohne Taschenlampe unsinnig war. Und vordringlicher war ohnehin, die Identität der beiden Übeltäter und ihren Wohnort in Astheim ausfindig zu machen.

Deshalb wandte Toffie sich ab, um weiter durch den Wald zu streifen. Als er ein Rinnsal überquerte, das durch den Wald führte, sah er Fußspuren.

„Aha“, murmelte der Junge. „Sieh mal an.“

Er kniete nieder und zeichnete die Spur auf: Profillose Sohle eines Männerschuhs, Größe etwa 41. Stammte wohl von Bisam.

Die Spuren führten weiter und weiter. Aha: Da war er in der Nacht in wilder Panik gewesen. Die Fußabdrücke bewiesen es: Der kleine Blonde war im taumelnden Lauf auf dem feuchten Waldboden nahe dem Rinnsal dahingerannt. Dann war er ausgerutscht und in das träge fließende Wasser geplanscht, hatte sich daraus befreit und war auf der anderen Seite weitergelaufen.

„Sieh mal an“, murmelte Toffie. „Ganz offensichtlich hat

der Bursche sich erst anhand dieses Rinnsals wieder orientieren können."

Bisam war dem Wasser gefolgt. Das war in der Nacht gut möglich gewesen, denn das Licht des Mondes hatte das Bächlein im dunklen Wald leuchten lassen. Bisam war daran entlanggetorkelt, bis dieses Rinnsal die Asphaltstraße unterquerte.

Es war faszinierend und belustigend zugleich, wie aufschlußreich solche Spuren sein konnten. Eine ganze Geschichte ließ sich daran ablesen. Wie der Mann nachts, von allen bösen Geistern verfolgt, durch den Wald gerannt war. Wie er schließlich an der Fahrbahn seine Orientierung wiederfand, sich erst mal an den Straßenrand setzte. Als er sich erholt hatte, hatte er zu guter Letzt wohl seinen Weg nach Astheim zurück gefunden.

Auf der Straße ging Toffie nun in den Wald zurück. Am Lehmweg zweigte er ab. Bevor er das Brombeergestrüpp am Waldrand erreichte, unter dem sein Fahrrad versteckt lag, entdeckte er noch ein Indiz am Boden. Eine Zigarettenkippe.

Er hob sie auf. Die Marke ließ sich nahe dem Mundstück gerade noch ablesen.

„Gelbhände", murmelte der Junge, zufrieden darüber, daß er seinem Computer noch einen weiteren Fakt würde einspeichern können.

8. Ein Wohnwagen wird gesucht

„Hochinteressant“, urteilte Pimo Penk kaugummikauend in Toffies Zimmer, während er den neuen Computer-Ausdruck in Händen hielt. „Und das soll uns nun eine große Hilfe sein?“

Auf dem Computer-Ausdruck war folgende Auflistung zu sehen:

```
              SPUREN :

1. STIEFELABDRUECKE
2. ZIGARETTENKIPPEN (MARKE :GELBHAENDE)
3. ZIGARETTENSCHACHTEL (MARKE :GELBHAENDE)
4. ABGEBROCHENER SCHAUFELSTIEL
5. BESUCH IN WAFFENGESCHAEFT (HINZER)
6. AUFENTHALT IM GASTHOF POSTILLION
7. COLA-DOSE AUF HUEGELKREIS

READY.
```

„Ein kleines Steinchen mehr ist es auch“, erwiderte Tina, die auf dem Boden saß, leicht gereizt.

Das rothaarige Mädchen mit den braunen Augen war deshalb nicht in bester Laune, weil auch diese Spurensammlung nicht gerade in direkter Linie auf den Ort hinwies, an dem sich Pit Keule und Bisam die ganze Zeit aufhielten.

„Ich brenne drauf, die neue Höhle auszukundschaften“, erklärte Pimo ungeduldig. „Könnten wir nicht morgen schon mal einsteigen und die Gänge und Höhlen auskundschaften?“

„Nein, Pimo“, entgegnete Toffie energisch. „Nicht mit der Gefahr im Rücken, daß Keule und Bisam jede Minute auftauchen und uns Schwierigkeiten machen. Nachts konnten wir sie mit unseren Geisterrufen noch verjagen. Aber tagsüber wird das nicht so einfach sein.“

Pimo nickte zustimmend. Das sah er ein.

„Wir müssen einfach über diese Informationen hinaus noch mehr herausfinden." Tina legte das Blatt auf Toffies Schreibtisch zurück. „Vielleicht fahren wir noch einmal zu dem Tante-Emma-Laden und quetschen die alte Besitzerin aus."

„Gute Idee", erklärte Toffie. „Wenn du das machst, knöpfe ich mir den Gasthof ‚Postillion' vor. Vielleicht weiß das Personal dort etwas über die beiden."

„Und was mache ich?" fragte Pimo kaugummikauend.

„Keine Ahnung." Toffie zuckte die Achseln und sah ihn an.

„Ich hab' 'ne Idee", sagte Pimo. „Ich fahre mal bei Hinzer im Waffengeschäft vorbei. Bringt zwar vermutlich nicht viel. Aber man weiß ja nie. Vielleicht kommt doch was Brauchbares dabei raus."

„Okay." Toffie sah auf seine Armbanduhr. „Dann um sieben Uhr bei Silvano?"

Die beiden anderen nickten.

Vor dem Haus der Bergers kletterten sie auf ihre Fahrräder und trennten sich.

*

Silvanos Eis- und Pizzabar war abends um sieben Uhr wieder einmal brechend voll. Rockmusik dröhnte aus den Lautsprechern der Musikbox. Vor dem Lokal, das auf die Rasenfläche des Stadtparks und zum Bismarck-Denkmal hinausführte, standen Jugendliche mit ihren Fahrrädern oder Mofas herum, saßen auf den Stufen der Eingangstreppe oder lehnten an der Wand, weil sie hier immer noch ziemlich viel von der Musik mitbekamen.

Der fette Sizilianer, berühmt für seine oft maßlosen Übertreibungen und Schauermärchen, hatte für seine jungen Gäste das genau richtige Rezept parat: viel Musik, herrliches Eis und Mafia-Torten – so wurden seine Pizzas genannt – so groß wie Tennisschläger.

Silv

An einem solch wundervollen Sommerabend ging es bei Silvano immer gesellig zu.

Tina, Toffie und Pimo bekamen an diesem Abend keinen Tisch mehr. Sie waren auch gar nicht sonderlich scharf darauf. Die drei kauften sich an der Theke einen Becher Eis und schlenderten damit zum Bismarck-Denkmal hinüber. Dort setzten sie sich auf den Denkmalsockel.

Auf diesem Platz hatten sie schon oft über so manchen Kriminalfall beratschlagt. Er war ihnen vertraut.

„Waffengeschäft“, begann Pimo knapp seine Meldung. „Keule war da, mit einem uralten Schießeisen. Museumsstück. Dafür wollte er Patronen, es gab aber keine.“

„Er wollte Patronen?“ Toffie musterte den Freund neugierig.

„Keule sagte dem Besitzer Hinzer, er hätte nur noch sechs Stück für das alte Ding. Hinzer fragte ihn, ob er einen Waffenschein besäße. Keule erklärte ihm daraufhin, für alte Museumswaffen bräuchte man keinen mehr.“

„Raffinierter Bursche“, murmelte Tina. „Wie er das hindreht. Einerseits will er Munition kaufen – also ist das Schießeisen doch eine richtige gebrauchsfähige Handfeuerwaffe. Aber wenn’s um einen Waffenschein geht, ist es doch wieder nicht mehr als ein altes Ding, das man bestenfalls noch an die Wand hängen kann.“

Toffie nickte zustimmend.

„Es ist jetzt auch sicher, daß Bisam und Keule die Besitzerin des Tante-Emma-Ladens beklaut haben“, fuhr Tina fort. „Sie waren mehrmals da, umschmeichelten die alte Frau. Die kam leider erst zu spät drauf, daß ihr hinterher Rotwein, Zigaretten und Dosenfleisch und alles mögliche andere fehlte.“

„Zigaretten Marke ‚Gelbhände‘?“ fragte Toffie wach.

„Genau.“

Toffie berichtete nun von seinen Nachforschungen im Wald.

Insgesamt hatten sie einige interessante Details zusammengetragen. Und waren doch nicht weitergekommen als vorher.

Im Gasthof ‚Postillion' waren Bisam und Keule zweimal Gast gewesen. Konsum: Bier und Würstchen. Die Würstchen hatten sie sich geteilt.

„Beweis dafür, daß sie ziemlich abgebrannt sind", urteilte Tina.

„Beim zweiten Besuch haben sie dann zugeschlagen", fuhr Toffie fort. „Da gab's für jeden einen Liter Rotwein, dazu Hammelkeule mit Kartoffelrosetten und hinterher Palatschinken als Nachspeise."

„Da hatten sie also Geld geklaut", sagte Pimo.

„Richtig."

„Aber sie wohnen nicht im Gasthof?" Tinas braune Augen richteten sich fragend auf Toffie.

„Nein."

„Also wohnen sie überhaupt nicht im Hotel, denn die anderen Gasthöfe und Herbergen haben wir ebenfalls gecheckt."

„Vielleicht kommen sie abends immer mit dem Auto von woanders her", rätselte Pimo. Er schaufelte einen großen Löffel Pistazieneis in den Mund.

„So wird's wohl sein", sagte Toffie.

„Das würde unsere Arbeit unendlich erschweren", erklärte Tina enttäuscht. „Denn dann kriegen wir nie raus, wo ihr Zuhause ist."

„Das Ganze ist eine verdammt blöde Situation", schimpfte Pimo unzufrieden vor sich hin.

Sie saßen schweigend da und aßen ihr Eis. Noch war es hell, nur drüben, wo der Stadtpark begann, fiel der erste Dämmer ein.

Sie saßen irgendwie in der Klemme. Einerseits waren sie versessen darauf, ihre Erdhöhle und die Hügelgräber weiter auszukundschaften, andererseits war dies in der augenblicklichen Situation unmöglich.

„Am besten, wir warten, bis Keule und Bisam von allein aus der Stadt verschwinden", sagte Pimo.

„Selbst dann sind wir nicht sicher vor ihnen", erwiderte Toffie bedrückt. „Denn wer garantiert uns, daß sie nicht doch irgendwann zurückkehren und uns draußen im Wald überraschen?“

Es war wirklich eine verdammt ärgerliche Situation.

Plötzlich sagte die pfiffige Tina: „Habt ihr eigentlich schon mal dran gedacht, daß die beiden im Wohnwagen hausen könnten?“

„Im Wohnwagen? Wie kommst du denn darauf?“ erkundigte sich Toffie verblüfft.

„Wegen der Anhängerkupplung.“

„Wegen welcher Anhängerkupplung?“

„Die an dem alten Ford dran ist.“

„Hast du an dem Auto eine Anhängerkupplung gesehen?“

„Ja.“

„Wann denn?“

„Als wir den Wagen kurz beobachtet hatten. Wie er auf dem Lehmweg anhielt und dann weiterrollte.“

„Aus dieser Entfernung?“ fragte Pimo irritiert.

„Ja, ganz deutlich“, antwortete Tina. „Einen hellen Knopf, der hinten an der Stoßstange herausragte. Wie ein Tennisball, den manche Leute über den Kopf ihrer Anhängerkupplung stülpen.“

„Interessant“, murmelte Toffie nachdenklich.

„Tina sieht manchmal mit zwei Augen mehr als wir mit vier“, urteilte Pimo anerkennend.

„Mit einer Anhängerkupplung kann man natürlich noch so manches andere befördern“, sagte Toffie. „Die beiden sehen mir wirklich so aus, als könnten sie im Wohnwagen durch Deutschland ziehen.“

Pimo nickte.

„Vielleicht sollten wir mal rumsuchen, wo in Astheim überall Wohnwagen stehen“, schlug Tina vor.

„Es gibt einen Campingplatz draußen am See“, sagte Pimo.

„Vielleicht sollten wir uns da mal umgucken“, schlug Toffie vor.

„Jetzt gleich?“ Pimo fixierte ihn unternehmungslustig.
„Warum nicht?“ antwortete Toffie.

*

Der See war eigentlich nur ein Weiher, landschaftlich hübsch gelegen, auf der den Hügelgräbern entgegengesetzten Seite der Stadt. Ein kleiner Campingplatz mit Bootsanlegesteg lag an einem seiner Ufer.

„Wir könnten den Besitzer nach Keule und Bisam fragen“, schlug Pimo vor.

„Laß uns lieber erst mal so herumspionieren“, schlug Tina vor.

„Das kann allerdings gefährlich werden“, warf Toffie besorgt ein. „Wenn wir hier auftauchen und Keule und Bisam uns erkennen, sind sie für alle Zeiten gewarnt. Und genau dasselbe kann passieren, wenn wir den Besitzer nach ihnen ausquetschen.“

„Das stimmt“, sagte Tina. Sie nagte nachdenklich an der Unterlippe. „Lieber warten wir noch, bis es ganz dunkel wird. Und dann knöpfen wir uns die Wohnwagen eben einzeln vor.“

Der Vorschlag wurde angenommen.

Sie warteten noch eine Viertelstunde, bis die Dunkelheit über dem See und dem Campingplatz einfiel. Dann trennten sie sich. Jeder von ihnen übernahm einen bestimmten Abschnitt des Campingplatzes.

Vorsichtig, um sich nicht zu verraten, bewegten sie sich von Wohnwagen zu Wohnwagen. Da saßen manche der Urlauber im Freien vor ihrem Gefährt oder dem angebauten Vorzelt. Sie tranken Bier, grillten oder genossen schweigend den schönen Abend.

Viele von ihnen waren mit Kindern angereist.

Besondere Aufmerksamkeit widmeten Tina, Toffie und Pimo den Wohnwagen, die verlassen dastanden. Der alte Ford war nirgends zu sehen. Also war es möglich, daß Keule und

Bisam zwar hier im Schutz der anderen Urlauber lebten, von hier aus aber ihr Unwesen trieben.

Wohnwagen um Wohnwagen nahmen sie prüfend unter die Lupe. Aber es blieben nicht viele, die in Frage kamen. Nur ein oder zwei der einachsigen Fahrzeuge erregten Verdacht. Doch wenn Tina, Toffie oder Pimo dann die Nase am Fenster plattdrückten, war schnell klar, daß dieser Wohnwagen ganz sicher nicht den beiden gehörte. Beweis war dann eine Kinderluftmatratze, ein Satz Boccia-Kugeln oder überhaupt eine blitzblanke Ordnung im Inneren des Wagens – denn die war Keule und Bisam eigentlich nicht so sehr zuzutrauen.

„War nichts", sagte Tina enttäuscht, als sie sich wieder bei ihren Fahrrädern trafen.

„Okay, laßt uns nach Astheim zurückstrampeln." Pimo stieg aufs Rad und fuhr als erster los.

Die beiden anderen folgten ihm.

Die Stimmung der drei Freunde war weiterhin nicht besonders gut.

Sie steuerten noch einmal das Bismarck-Denkmal an und saßen dann eine Weile schweigend auf dem Denkmalsockel.

„Es ist zum Verrücktwerden", sagte Toffie leise. „Zwei Phantome in einem alten großen Ford. Das ist alles, was wir über die beiden wissen."

In diesem Augenblick hatte der schlaksige Pimo eine Idee. „Draußen hinter den Fabriken", sagte er. „Vor der Schutthalde. Da stehen doch auch Wohnwagen rum."

Toffie und Tina horchten auf. Sie kannten das Gelände. Es war ein unwirtlicher Platz, auf dem rostende Telegrafenmasten gelagert waren, die niemand mehr benötigte. Ein uralter, zerlegter Kran lag da rum, schon seit Jahren. Als Kinder waren sie gern auf ihm herumgeturnt. Aber jetzt lag dort der ekelerregende Geruch des Schuttabladeplatzes in der Luft.

„Stimmt, da sind Wohnwagen", sagte Toffie, wenig interessiert. „Verrottete Dinger mit platten Reifen und eingeschlagenen Scheiben. Die stehen schon seit Jahren da rum und warten drauf, daß sie mit dem anderen Gerümpel abtransportiert werden."

„Stimmt", sagte Pimo, der sich in seinem Gedankengang nicht beirren ließ. „Aber wäre der Platz zwischen diesen Wracks nicht das richtige Versteck für zwei Gauner, die eben nicht auf einem normalen Campingplatz gastieren wollen? Weil sie sich dort zu sehr beobachtet fühlen?"

„Pimo hat eigentlich recht", erklärte Tina.

„Einen Versuch wäre es wert", meinte Toffie. „Wir wären in zehn Minuten draußen."

Es war inzwischen halb zehn geworden. Dunkelheit lag über dem Stadtpark.

„Ich muß heim", sagte Tina. „Sonst macht sich meine Mutter wieder wahnsinnig Sorgen. Und dann darf ich abends überhaupt nicht mehr raus."

„Okay, Tina", schlug Toffie vor. „Dann fahren Pimo und ich allein los."

„Ruft später noch bei mir an, und sagt mir Bescheid", bat Tina noch. Dann verabschiedeten sie sich, und Tina schwang sich aufs Rad, um nach Hause zu fahren.

*

Pimo und Toffie fuhren noch bei Toffies Haus vorbei, das ohnehin auf dem Weg lag. Toffie holte aus der Garage eine Taschenlampe und aus seinem Zimmer Notizblock und Filzstift, damit sie, falls sie Keules und Bisams Wohnwagen tatsächlich entdecken sollten, entsprechende Aufzeichnungen machen konnten.

Nur Minuten später näherten sie sich dem unheimlichen Gelände. Sie schoben ihre Fahrräder in den Schutz einer ausrangierten Betonmischmaschine und schlichen vorsichtig weiter.

Der Halbmond warf ein gespenstisch anmutendes Licht über die still daliegende Fabrik.

„Vorsicht", flüsterte Toffie.

Sie kletterten über den am Boden liegenden Kran, der teilweisse von Brennesseln und anderem Unkraut überwuchert war. Links drüben senkte sich die Mulde des Müllabladeplatzes. Ein widerlicher Geruch lag in der Luft. Diese Gegend von Astheim hatte nichts Liebliches oder Idyllisches.

„Die Wohnwagen“, raunte Pimo.

Dort vorne hoben sie sich, vom Mondlicht beschienen, aus der dunklen Umgebung hervor. Nicht mehr als sechs oder sieben Stück. Vor vielen Jahren hatten Urlauber sie einfach stehenlassen, draußen am Campingplatz oder irgendwo innerhalb der Stadtgrenzen. Einige waren bei Autounfällen beschädigt worden, andere waren damals schon halbe Wracks. Die Stadt Astheim hatte sie abschleppen und hierherschaffen lassen. Nun rotteten sie weiter dahin. Ratten und Ungeziefer hausten in ihnen. So glichen sie sich der tristen, abstoßenden Umgebung an, auf der sie abgestellt waren.

„Es scheinen nur die alten Dinger da zu sein“, murmelte Pimo.

„Sieht so aus“, fügte Toffie hinzu.

Sie kannten diese Wohnwagen nur zu gut. Kindern blieb nichts unentdeckt, was irgendwie schaurig-geheimnisvoll war und zu Abenteuern aufrief.

Als Kinder waren sie deshalb auch schon auf diesen Wohnwagen herumgeturnt, hatten sich in einigen von ihnen versteckt, bis sie dann jedesmal von den Arbeitern drüben am Müllplatz verjagt worden waren. Denn auch dieses Gelände hier unterlag der Aufsichtspflicht der Stadt – und als Kinderspielplatz war diese Gegend am allerwenigsten eingerichtet worden.

„Da scheint aber ein Wohnwagen zu stehen, den wir noch nicht kennen“, murmelte Toffie plötzlich.

„Stimmt.“ Pimo hatte ihn auch entdeckt.

Sie schlichen sich vorsichtig, tief auf den Boden geduckt, heran. Mit einem Blick erkannten sie das Nummernschild. Der Wohnwagen war für den Verkehr zugelassen. Äußerlich aber wirkte er noch heruntergekommener als die anderen. Ein schäbiges, altes, fleckiges Ding. Es war tief in den Schutz der anderen Wohnwagen hineinrangiert.

„Sieh mal an!“ Pimo pfiff leise durch die Zähne.

„Psst!“ tat Toffie. Er legte den Finger an den Mund.

Das konnte Keules beziehungsweise Bisams Wohnwagen sein. Das wäre natürlich eine ungeheure Entdeckung.

„Der alte Ford steht nirgends rum“, konstatierte Pimo wachsam.

„Zeichen dafür, daß die beiden unterwegs sind“, flüsterte Toffie.

Sie schlichen jetzt ganz nahe heran, warfen einen Blick ins Innere. Es war finster da drin.

Pimo hob fragend die Taschenlampe.

Toffie reagierte zunächst unschlüssig. Ungefährlich war es nicht, einfach dort hineinzuleuchten. Denn wenn wirklich einer der beiden Burschen im Wagen war, würde ihn das Licht natürlich aufschrecken.

Trotzdem. Toffie nickte.

Pimo knipste die Lampe an und richtete ihren dünnen Strahl durch die Seitenscheibe nach innen.

Die Scheibe war teilweise mit einem Vorhang verhangen. Aber durch den Spalt konnten Toffie und Pimo einiges erkennen. Zunächst einmal eine schreckliche Unordnung. Ein ungemachtes Bett mit einer zerknüllten Decke darauf, Klamotten, die über der Bank lagen, schmutziges Geschirr in dem Spülbecken.

Sie schlichen um den Wagen herum und leuchteten durch die vordere Scheibe hinein.

Auch hier chaotische Unordnung. Hinter den Sitzen lagen oder standen Bier- und Rotweinflaschen herum. Ein Schlafsack lag auf dem Boden. Offenbar schlief einer der beiden in diesem schmuddeligen Ding.

„Hoppla, sieh mal!“ raunte Toffie aufgeschreckt.

„Uffff!“ entfuhr es Pimo überrascht.

Vorn, auf einer Sitzbank, lag ein Blatt Papier, das ihnen bekannt vorkam, sehr bekannt sogar. Es war das herausgetrennte Blatt aus einem von Pimos Büchern, das Blatt mit dem Foto der Gewandnadel aus der Bronzezeit, das sie im Wald vergessen hatten.

Dies war der endgültige Beweis, daß sie Keules und Bisams Wohnwagen entdeckt hatten.

Ein Gefühl von Freude und Triumph beherrschte sie. Sie waren einen großen Schritt voran gekommen.

Toffie leuchtete mit der Taschenlampe, während Pimo fieberhaft Aufzeichnungen über all das machte, was sie im Inneren des Wohnwagens erkennen konnten.

„Das reicht", kommandierte Toffie leise. „Laß uns abhauen."

Motorengebrumme war zu hören. Weit drüben, noch jenseits der Fabrik, stiegen die Lichter eines Fahrzeugs hoch, huschten über die dunkle Fabrikmauer, erfaßten einen Teil des Geländes.

Toffie knipste das Licht aus. „Nichts wie weg, Pimo!" rief er leise.

In dieser Sekunde schwenkte das Licht des Fahrzeugs herum, erfaßte für Augenblicke die Gruppe der Wohnwagen und leuchtete dann weit hinüber auf die Müllhalde.

Der Motorenlärm wurde lauter.

Toffie war bereits davongerannt und hatte sich tief in den Schutz der aufgestapelten Telegrafenmasten geduckt.

„Pimo, komm! Komm endlich!" rief er.

Der Wagen näherte sich rasch auf dem unebenen Boden, holperte durch die Schlaglöcher, während das Licht seiner Scheinwerfer wild über die Gegend tanzte.

„Pimo, komm endlich!" rief Toffie angstvoll.

„Gleich!" rief Pimo zurück.

„Verdammter Idiot!" Toffie duckte sich tief in das Unkraut.

Die Scheinwerferlichter waren jetzt ganz nah und das Brummen des alten Fords ganz laut.

Die Lichter schwenkten herum.

Toffie sah, wie Pimo sich in höchster Not zwischen zwei Wohnwagen zwängte, davonrannte, stolperte und hinfiel. Er sprang auf und rannte auf den Freund zu. „Pimo, was ist?“ rief er leise und besorgt.

Der Wagen hielt, nur etwa zehn Meter von ihnen entfernt, knirschend im Kies des Bodens. Das Brummen des Motors erstarb, die Lichter erloschen, Türen klappten auf, wurden zugeschlagen.

Dann die Stimmen der Männer.

„Viel scheint in der Handtasche nicht drin zu sein!“ rief ein Mann. Das war Bisams Stimme.

„Hauptsache, es ist Geld drin“, knurrte Pit Keule, während die beiden Männer den Wohnwagen aufschlossen und sich durch den Eingang schoben.

„Mit Lippenstift und Puderdosen und all dem anderen Weiberkram können wir nämlich wenig anfangen“, schimpfte Keule.

Dann wurde die Tür des Wohnwagens zugeschlagen. Fast gleichzeitig ging innen das Licht an und warf durch die Fenster einen fahlen gelblichen Schein nach draußen. „Wir schleichen uns noch mal an“, schlug Toffie leise vor.

„Bist du wahnsinnig!“ rief Pimo gepreßt und entsetzt. „Nichts wie weg. Sie kommen jede Sekunde wieder rausgeschossen, weil ich doch den Zettel an die Scheibe geheftet habe.“

„Einen Zettel? Welchen Zettel?“ fragte Toffie erschrocken.

Doch die Antwort wartete er gar nicht mehr ab. Wie ein Blitz schoß es ihm durch den Kopf, daß Pimo noch irgendeine blödsinnige Nachricht hinterlassen hatte. Wehe, wenn die beiden sie entdeckten und sie noch auf dem Gelände zu fassen kriegten.

„Los, wir hauen ab!“ rief Toffie.

Und dann rannten sie los. Tiefgeduckt sprangen sie in der Dunkelheit über den am Boden liegenden Kran, hinüber zur

Fabrik. Dort duckten sie sich hinter das Wrack der rostigen Betonmischmaschine neben ihre Fahrräder.

Sie konnten beobachten, wie drüben die Tür des Wohnwagens aufging und der Lichtschein von innen herausfiel.

Stimmen der beiden Männer waren zu hören. Sie klangen erregt, beunruhigt, drohend.

„Nichts wie weg, Toffie!" sagte Pimo. Dann schoben sie ihre Fahrräder um das Eck der Fabrik. Sie stiegen auf und rasten im Licht des Halbmonds davon.

*

Erst als sie das Haus der Bergers erreichten, stiegen sie ab. Sie betraten das Haus.

„Toffie, da bist du endlich!" rief Toffies Tante. „Wo warst du nur noch so lange?"

„Mit Pimo unterwegs", antwortete Toffie.

„Na, dann bin ich beruhigt. Dann hätte ich mir ja keine Sorgen zu machen brauchen."

Ein schmunzelnd-spöttischer Ausdruck lag in den grauen Augen von Toffies Tante.

Auch Toffie und Pimo mußten grinsen. Sie wußten nur zu gut, wie Toffies Tante diesen letzten Satz gemeint hatte. Nämlich genau andersherum. Daß man nämlich immer mit allerlei Unfug rechnen mußte, wenn Toffie und Pimo beisammen waren. Denn nur brav und sittsam waren diese beiden Jungen sicherlich nicht immer.

Toffie nahm das Telefon an seinem langen Kabel mit nach oben in sein Zimmer. Sie schlossen die Tür.

„Was zum Teufel hast du nur auf den Zettel geschrieben?" fragte Toffie erbost.

„Nichts", antwortete Pimo.

„Nichts?" fauchte Toffie den Freund an. „Du hast doch erzählt, du hättest einen Zettel an die Scheibe geheftet."

„Stimmt."

„Und? Was steht auf dem verdammten Zettel?"

„Ein Totenkopf."

„Ein Totenkopf?!"

„Ja, ich habe einen Totenkopf draufgemalt. Sozusagen als Warnung. Damit die beiden wissen, daß es ihnen irgendwann an den Kragen geht."

„Bist du verrückt?" giftete Toffie den Freund an. „Damit hast du alles verraten! Jetzt wissen die, daß wir hinter ihnen her sind. Und genau das wollten wir vermeiden."

„Wir wollten aber auch, daß sie für alle Zeiten aus Astheim verschwinden."

„Aber nicht auf diese Weise. Was hilft es uns, wenn sie den Standort ihres Wohnwagens wechseln und uns danach weiter hinterherspionieren?"

„Toffie, hör mal zu." Pimo wickelte ganz lässig einen Kaugummi aus seinem Papier und schob den Streifen in den Mund. „Keule und Bisam sollen nur wissen, daß wir hinter ihnen her sind. Das versetzt sie in Unruhe. Und deshalb werden sie Fehler begehen. Glaub's mir. Ich weiß es."

„Und woher weißt du es?" fauchte Toffie ihn erbost an.

„Aus Büchern. Und aus Filmen. Die beiden sind jetzt irritiert. Aber sie wollen an den vermeintlichen Schatz aus der Höhle, verstehst du? Am liebsten würden sie aus Astheim flüchten. Aber andererseits sind sie erst mal an die Stadt gefesselt. Und dieser Konflikt macht sie jetzt halb wahnsinnig."

„Du und deine Weisheiten aus Büchern und Filmen!" schimpfte Toffie. Er wählte die Nummer der Hofmanns.

Tina meldete sich, und Toffie erzählte ihr, was vorgefallen war.

„Vielleicht ist das mit dem Totenkopf ganz gut so", sagte Tina zu Toffies Überraschung.

„Ganz gut so?"

„Ja. Sieh mal, Toffie, was jetzt noch kommt, ist ohnehin Krieg. Jeder weiß von jedem. Jeder belauert den anderen. Und wie es scheint, sind Keule und Bisam nicht gerade die hellsten

Köpfe. Ich glaube auch, daß sie von nun an mehr Fehler begehen werden – und daß sie letzten Endes über diese Fehler stolpern werden.“

Nachdem das Gespräch beendet war, war auch Toffie beruhigt. Er hatte selbst keinerlei Vorstellungen, wie dies alles ausgehen mochte. Er wußte nur, daß sie gefährlichen Tagen entgegengingen, einer Zeit, die verdammt viele Risiken barg. Durch die sie aber gemeinsam hindurchmußten, ganz egal, was ihnen dabei widerfuhr.

9. Keule und Bisam sind gewarnt

Bereits am nächsten Mittag war der Wohnwagen auf dem Gelände des Müllabladeplatzes verschwunden. Pimo meldete Tina und Toffie diese Neuigkeit telefonisch. Er hatte nach der Schule einen Abstecher zur Müllhalde gemacht.

„War zu erwarten“, urteilte Toffie lakonisch.

Sie verabredeten sich für nachmittag vier Uhr bei Toffie. Nachdem die Hausaufgaben für die Schule gemacht waren, saßen sie in Toffies Mansardenzimmer.

„Was machen wir jetzt?“ fragte Tina ziemlich ratlos. „Die Sache wird langsam nervig.“

„Wir suchen weiter nach den Höhlengräbern“, erklärte Toffie.

„Ist das dein Ernst?“ Pimo starrte ihn entsetzt an. „Dort draußen können jeden Augenblick Keule und Bisam auftauchen. Denen will ich nicht begegnen. Ich habe einen anderen Vorschlag.“

„Welchen?“ Toffie musterte ihn ironisch.

„Toffie, ich habe doch vorausgesagt, daß Keule und Bisam, diese zwei Ganoven, von nun an Fehler begehen werden, stimmt's?“ fragte Pimo erregt. „Weil sie irritiert sind. Durch den Totenkopf total verwirrt. Also werden wir warten, bis die beiden in der Höhle zu buddeln beginnen. Und dann schlagen wir zu.“

„Was heißt das, wir schlagen zu?“

„Dann schaufeln wir das Loch einfach zu, und sie sind darin gefangen. Einer von uns strampelt los und holt meinen Vater. Dann werden Keule und Bisam endlich verhaftet und kommen hinter Schloß und Riegel.“

„Ich glaub' wirklich, mich streift ein Bus“, sagte Tina in ärgerlichem Ton. „Weswegen werden sie denn verhaftet, Pimo, he? Weil sie in einem Erdloch im Wald stecken? Wie viele Jahre soll's denn auf so was geben? Es ist noch lange kein Verbrechen, in so eine Höhle zu kriechen."

„Na ja, ich meine..."

„Und was ist, wenn sie in dem Loch ersticken? Na, los, sag doch: Was ist dann? Dann werden wir verhaftet, und zwar zu Recht. Mit deiner Logik ist es heute mal wieder nicht allzuweit her."

„Es war nicht mehr und nicht weniger als ein Vorschlag", erwiderte Pimo heftig und gereizt. Er kaute an seinem Kaugummi weiter. „Das war jetzt also mein Vorschlag. Als nächstes darf unsere süße Tina einen Vorschlag machen. Also? Was ist?"

„Blödmann." Tina tippte statt einer Erwiderung nur den Zeigefinger an ihre Stirn.

„Ich habe eine Idee", sagte Toffie in diesem Augenblick ganz ruhig.

Tina und Pimo wandten sich ihm zu.

„Ich habe einen Gedanken", fuhr Toffie nachdenklich fort, „der mich schon ziemlich lange beschäftigt."

„Was für einen Gedanken?" fragte Pimo neugierig. Er vergaß jetzt sogar, an seinem Kaugummi herumzukauen. Und das war schon was.

„Ich habe neulich ein wenig an meinem Computer herumgespielt, wißt ihr", sagte Toffie. „Und die eingegebenen Daten zu einer neuen Graphik ausgearbeitet. Vor allem gaben mir diese flachen Grabhügel draußen auf dem Feld zu denken. Das Ergebnis ist verblüffend."

„Nun schieß doch endlich los. Und erzähl uns, was du meinst", drängte Pimo.

„Hier, seht mal", sagte Toffie.

Er gab seinem Computer den PRINT-Befehl. Sofort bewegte sich das Papier im Drucker.

Wenig später war der Vorgang des Ausdruckens beendet, und Toffie zeigte seinen beiden Freunden erwartungsvoll folgende Graphik:

Lage der zwoelf Graeber:

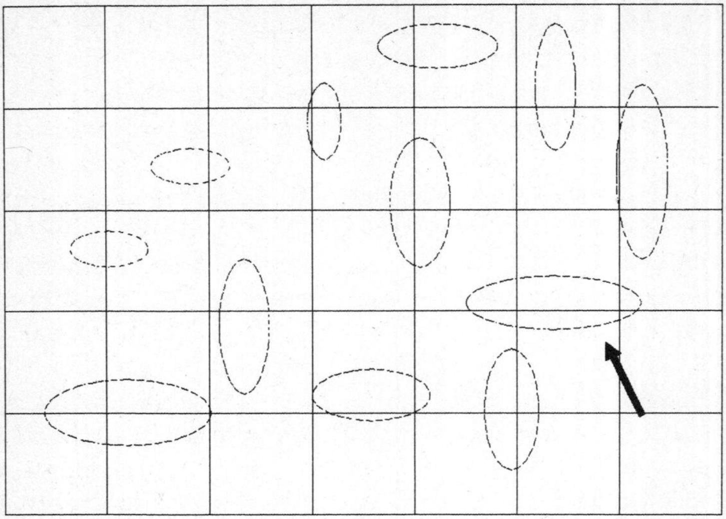

„Was ist denn das?“ fragte Pimo, völlig von den Socken.

„So wie auf diesem Bild sind die Hügelgräber in den waldnahen Koordinaten angesiedelt“, antwortete Toffie.

„Wie kommst du darauf?“ Auch Tina musterte Toffie neugierig.

Toffie schaltete den Computer aus, lehnte sich in seinem Stuhl etwas zurück und legte die Beine auf seinen Schreibtisch. Dann sagte er: „Ich habe dem Computer inzwischen viele Daten eingegeben und viel mit ihm gearbeitet. Mir wollte nicht in den Sinn, daß diese Grabanlage nur rein zufällig in dieser Zusammensetzung entstanden sein soll, sondern mir war seit langem klar, daß die Gräber untereinander in einer Beziehung stehen.“

„Das mag sein, aber was soll dieser schwarze Pfeil?“ fragte Tina.

„Es ist das Grab, in dem vermutlich die kostbarsten Funde liegen."

„Die kostbarsten Funde?"

„Ja, Tina."

Der blondlockige Junge deutete auf einen Stapel Bücher über Ausgrabungen, archäologische Fachbegriffe, Bronze- und Jungsteinzeit.

„Ich habe mich in der vergangenen Zeit viel mit dieser Wissenschaft beschäftigt", sagte er.

Dann redete er eine Weile über Flächen- oder Stichgrabungen, Gittermethoden, jüngere Strukturen in älteren Gesteinsschichten und so weiter, so daß seine beiden Freunde aus dem Staunen gar nicht mehr herauskamen.

„Gräberfelder wie das von uns entdeckte breiten sich meist von einem Kern horizontal aus", fuhr er fort. „Aus der zeitlichen Entwicklung dieser Gräber kann man Rückschlüsse ziehen. Das ist das entscheidende und in unserem Fall so faszinierende."

„Das faszinierende?" Pimo starrte ihn ungläubig an. „Kannst du nicht mal anders reden als in diesem Fachchinesisch?"

Toffie ließ sich in seinem Vortrag überhaupt nicht beirren. In einem logischen Aufbau erläuterte er erst einmal die wichtigsten Grundlagen seiner Arbeit. „Seht mal", sagte er ganz ruhig. „Irgendwann vor vielleicht viertausend Jahren haben Menschen dort draußen das allererste Grab geschaffen, ja?"

„Ja, schon, aber..." Pimo reagierte äußerst ungeduldig.

„Danach wurden an dieser Stelle immer wieder die Toten beigesetzt", fuhr Toffie fort. „Hundert Jahre lang, dreihundert, achthundert, eintausend Jahre lang. Das Hügelfeld breitete sich weiter und weiter aus. Also sind doch die am äußersten Rand gelegenen Hügel auch die jüngsten Grabhügel. Habe ich recht?"

„Ja, natürlich", antwortete Tina gebannt.

„Nach meinen Berechnungen müßte nun das mit dem Pfeil

gekennzeichnete Grab auch die kostbarsten Funde enthalten. Vielleicht ist es sogar das einzige Grab, in dem wir etwas finden."

„Aber wieso das einzige?" fragte Tina erregt.

„Habt ihr euch das Feld mal wieder angeguckt?" fragte Toffie dagegen.

„Das Feld?" fragte Tina.

„Ja. Es gibt eigentlich nur eine ovale Stelle, wo sich die neue Saat nicht richtig entwickelt. Die Halme sind kürzer, schwächer, gelblicher."

„Das verstehe ich immer noch nicht, Toffie", sagte Tina mit gefurchter Stirn.

Unverändert ruhig klärte der blonde Junge auch dieses Rätsel auf: „Viele dieser Gräber sind im Löß eingesunken, wurden später mit Lockermaterial aufgefüllt. In dieser lockeren Erde sammelt und hält sich das einsickernde Regenwasser leichter. Deshalb gedeihen darüber die Pflanzen besser."

Toffie machte eine Pause, ehe er dann fortfuhr: „In diesen feuchten Gruben oder Gräben sind die Skelette und Grabbeigaben aber nicht so gut konserviert. Sie faulen, oxydieren, zersetzen sich."

„Langsam kapiere ich", sagte Pimo leise und gespannt.

„Am Einstieg der Höhle in der Lichtung besteht der Boden aus reinem Löß", fuhr Toffie fort. „Aber tiefer in der Höhle verfärbt sich die Erde bereits. Habt ihr das gesehen?"

„Ja", Tina nickte.

„Wo sie sich verfärbt, fängt der Baumbewuchs an. Und wo Bäume im feuchten Erdreich ihre Wurzeln treiben, wird man nie eines dieser Gräber entdecken. – Noch etwas ist wichtig."

Tina und Pimo fixierten den Freund mit der größten Neugierde.

„Das Feld, unter dem die Gräber liegen, wäre heute auch Wald, wenn es nicht irgendwann gerodet worden wäre."

„Was meinst du damit, Toffie?" fragte Pimo atemlos.

„Damit meine ich, daß dort immer Wald war, Wald über

feuchtem, lockeren Erdreich, und daß die Wurzeln dieses Waldes, der dort jahrtausendelang die Gegend beherrscht hat, diese Gräber und ihre Beigaben praktisch vernichtet haben."

„Schade", sagte Tina, die sofort begriff, die mit einem Schlag erkannte, daß von nun an ihre Bemühungen wohl sinnlos waren und es auch bleiben würden.

„Bis auf ebendieses ovale Grab hier." Toffie deutete auf die mit einem Pfeil gekennzeichnete Stelle auf dem Computer-Ausdruck. „Dort hat es keinen Wald gegeben. Dort war Lichtung. Und das beweist, daß unter diesem rund zehn Meter langen und drei Meter breiten Oval unversehrt dichter Lößboden besteht, in dem das Grab unversehrt enthalten sein dürfte."

„Meinst du wirklich?" Tina starrte den Freund an.

„Ja, ich glaube es", sagte Toffie ruhig. „Und der Computer hat es mir bestätigt. Es ist zudem das fernste Grab in der Struktur dieser Grabhügel. Das bedeutet, daß es die neuzeitlichsten Funde enthalten könnte."

„Zum Beispiel?" Pimos Phantasie regte sich bereits wieder.

„Zum Beispiel nicht nur Töpfereien, Schmuck aus der Bronzezeit oder so etwas."

„Sondern?"

„Wertvolleres Material", antwortete Toffie. „Nicht nur Bronze, die sich zu neunzig Prozent aus Kupfer und zehn Prozent aus Zinn zusammensetzt, sondern Silber, vielleicht sogar Gold."

„Gold?" schrie Pimo regelrecht. „Du meinst, da könnte Silber und Gold drinstecken?"

„Ganz ausgeschlossen ist es nicht, Pimo."

„Ich halt's nicht aus, ich halt's nicht aus", stöhnte Pimo Penk und schlug die Hände vors Gesicht. „Ich hab's gewußt, ich hab's immer gewußt."

„Was hast du gewußt?" fragte Tina gereizt.

„Daß ich noch mal Gold finden werde. Daß es mir die Gestirne auf meinem abenteuerlichen Weg durchs Leben vorgeschrieben haben. Daß ich Gold finde." Er nahm die Hände vom Gesicht. Ein entzückter Ausdruck stand in seinen Augen. Und jeder konnte sehen, daß seine Gedanken sich auf ungeheuerlichen Abenteuerreisen befanden. „Gold. Riesige Mengen Gold und Silber. Ich, Pimo . . ."

*

Nachdem Pit Keule und Bisam in der Dunkelheit den Zettel mit dem aufgemalten Totenkopf an der Scheibe ihres Wohnwagens entdeckt hatten, gerieten sie in Unruhe und Erregung.

„Ein Totenkopf", sagte Bisam entsetzt. „Weißt du, was das ist, Keule? Es ist ein Totenkopf."

„Ja, ich seh's ja selbst", knurrte Keule grimmig.

„Und weißt du, was das bedeutet, Keule?"

„Was denn?"

„Tod. Es bedeutet den Tod. Sie kommen und holen uns."

„Wer kommt und holt uns?"

„Na, diese kleinen Höhlengeister. Die mit dem Teufel zusammenarbeiten. Sie sind hinter uns her."

„Blödsinn", schimpfte Keule. „Laß uns jetzt lieber mal ganz logisch nachdenken, Bisam."

Keule ließ den Blick seiner dunklen Augen über den nächtlichen Platz schweifen. Er schien regelrecht zu wittern, daß diejenigen, die den Zettel an die Scheibe geheftet hatten, sich noch in der Nähe befanden.

Einen Augenblick lang spielte er mit dem Gedanken, das Areal, auf dem ein verrosteter Kran, die Betonmischmaschine, die alten Telegrafenmasten standen, nach diesen Leuten abzusuchen.

Doch dann ließ er es bleiben.

„Keule, ich habe dich gewarnt", meldete sich Bisam besorgt. „Ich habe dich und auch mich gewarnt."

„Wovor denn?" herrschte ihn Keule an.

„Ich habe dich und mich davor gewarnt. Daß man nicht nach Toten buddeln soll, die noch am Leben sind . . ."

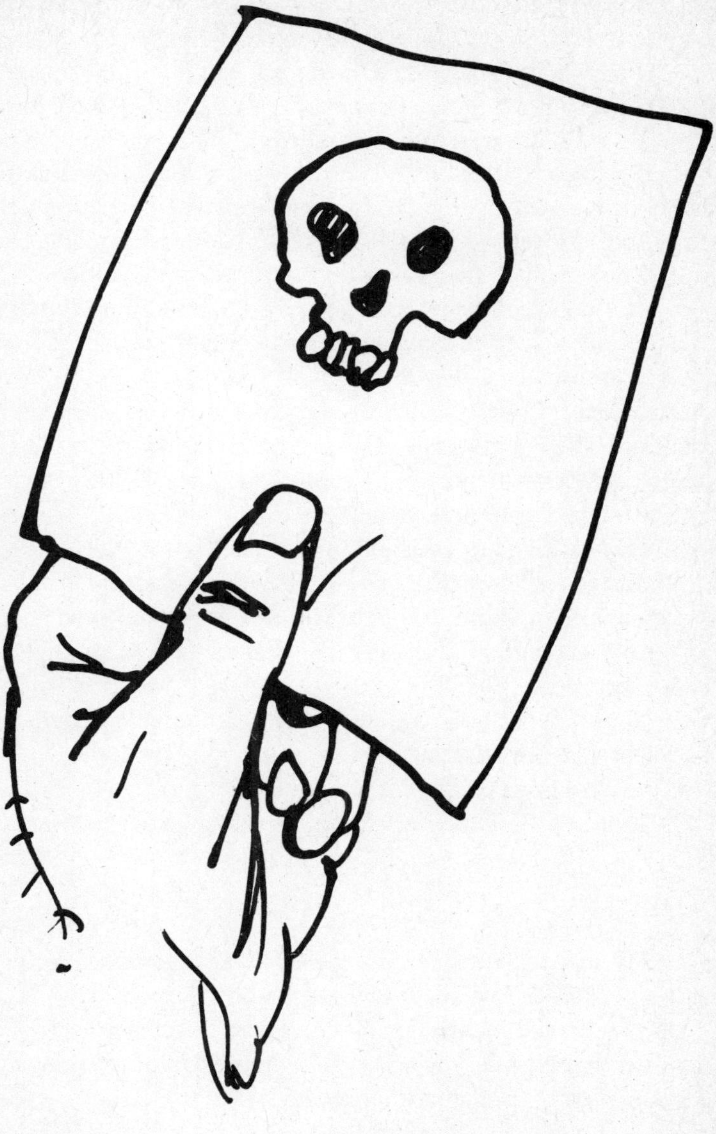

„Tote, die noch am Leben sind? Was soll dieser Quatsch?“

„Wir haben im Wald ein altes Grab oder so was entdeckt. Und drin herumgestöbert. Und entweder waren die Toten gar nicht tot, oder sie sind durch uns wieder lebendig geworden. Keule, ich meine, ich habe dafür sogar Verständnis. Selbst ein Toter aus der Bronzezeit läßt sich nicht alles gefallen. Verstehst du? Ich meine, wir sollten den Dingen mal logisch auf den Grund gehen. Stell du dir mal vor, du wärst aus der Bronzezeit. Ja? Und außerdem tot. Nun kommt jemand mitten in der Nacht und macht in deiner Höhle einen Höllenspektakel. Da wärst du doch auch stocksauer und würdest...“

„Wenn du nicht gleich mit diesem Schwachsinn aufhörst“, schrie Keule seinen Kumpan wütend an, „dann stecke ich dich ins Irrenhaus!“

Bisam schrak zurück. „Ich wollte nichts weiter, als die Dinge mit klarer Logik aufklären, Keule. Und ich weiß nur eins: Dies hier ist ein Zettel. Und darauf ist ein Totenkopf. Und so etwas sieht verdammt gefährlich aus.“

„Es sieht überhaupt nicht gefährlich aus!“ schrie Pit Keule in rasender Wut. „Hier, guck mal, was ich damit mache.“

Er nahm den Zettel in beide Hände, zerriß ihn in winzige Schnitzel und verstreute die Schnitzel in alle Richtungen. „Hier, hast du gesehen?“

„O Gott“, stöhnte Bisam angstvoll. „Hoffentlich haben sie das nicht gesehen. Jetzt werden sie sich erst recht rächen.“

„Wer wird sich rächen?“

„Na, diese Höhlengeister“, jammerte Bisam voller Angst.

*

Fünf Minuten später rollte der alte große Ford mit dem Wohnwagen im Schlepp von dem Platz vor der Müllkippe.

Pit Keule saß am Lenkrad. Der bullige, dunkelhaarige Mann wirkte grimmig, während er das Gespann auf die Straße lenkte, die außen um Astheim herumführte.

„Weißt du, wo ich jetzt am liebsten hinfahren würde, Keule?“ sagte Bisam.

„Wohin denn?“ knurrte Keule.

„Nach Australien. Nur weiß ich nicht, ob uns bis dahin das Benzin reicht.“

Keule hielt den Wagen an und wandte sich seinem Kumpan zu. „Raus!“ brüllte er wütend. „Raus hier! Aber sofort! Ich kann das nicht mehr hören. Ich werde wahnsinnig von diesem Schwachsinn! Los, verschwinde endlich!“

„Aber wo soll ich hin verschwinden, Keule?“ fragte Bisam, der vor Angst schlotterte. „Dies Ding da hinten ist mein Zuhause.“

„Such dir eine Wohnung oder ein Zimmer!“

„Eine Wohnung oder ein Zimmer? Ich weiß ja gar nicht mehr, wie man darin wohnt.“

„Dann halt endlich deinen Schnabel. Und nerv mich nicht mit deinem Schwachsinn!“

„Ist gut, Keule.“

Pit Keule startete den Wagen wieder und gab Gas. Langsam entfernte sich das Gespann aus der Stadt Astheim.

*

Der nächste Tag war ein Samstag. Der Himmel war bedeckt, es war mild und windstill.

Tina, Toffie und Pimo trafen sich früh an der Prillbrücke. Mit ihren Fahrrädern fuhren sie zu ihrer Ausgrabungsstätte hinaus.

Daß sie nun keine Kontrolle mehr über Bisam und dessen Kumpan Pit Keule hatten, beunruhigte sie. Aber gleichzeitig waren sie von einer fiebrigen Unruhe beherrscht, nachdem Toffie tags zuvor seine wissenschaftliche Analyse, die er gemeinsam mit dem Computer erarbeitet hatte, vorgetragen hatte.

Jetzt standen sie am Rand des Feldes, das mit einem zarten Flaum grüner Halme bedeckt war.

„Dort vorn“, sagte Pimo und deutete auf das Oval, das etwa sechzig Meter von ihnen entfernt war.

Mit grenzenlosem Staunen erkannten er und Tina diese deutlich gelblichere Fläche, auf der die Halme nicht so kräftig wuchsen.

„Kommt, wir gehen mal hin“, schlug Toffie vor.

Dann knieten sie auf diesem Oval nieder. Die Halme waren dürftig, standen in größeren Abständen voneinander.

Toffie nahm mit der Hand Erde auf und ließ sie durch die Finger rieseln. Die Erde war hell. „Löß“, sagte er.

„Und du meinst, darunter liegt ein Grabhügel?“ fragte Pimo ganz direkt.

„Ja, das meine ich.“

„Dann sollen wir also hier auf dem Feld buddeln? Das wird der Bauer nie erlauben.“

„Nein. Wir buddeln hier auch gar nicht.“

„Was dann?“

Toffie erhob sich wieder. Irgend etwas ging in ihm vor, etwas, was der fragende Ausdruck in seinen blauen Augen nicht verriet.

„Gucken wir uns doch mal die Halme ganz genau an“, schlug er vor. Er wandte sich zum Wald hin, in die Richtung, in der ihre Ausgrabungsstätte lag.

„Ich weiß, worauf Toffie hinaus will“, sagte die Tina atemlos.

„Jetzt weiß ich's auch“, rief Pimo. „Die Halme zeigen uns genau die Windungen der Höhlengänge, die aus dem Wald heraus unters Feld führen.“

„Stimmt“, sagte Toffie ruhig.

„Das würde ja bedeuten, daß wir gar nicht zu buddeln brauchen“, entfuhr es Tina begeistert. „Wir müßten lediglich dieses Röhrensystem markieren, um dann unterirdisch zu diesem Grab hier vorzustoßen.“

„So ist es“, sagte Toffie ganz ruhig.

Sie vermaßen eine Stunde lang die durch ihre Computer-

Koordinaten begrenzte Fläche und zeichneten darin die mutmaßliche Verästelung der unterirdischen Höhlen, Gänge und Röhren ein.

Die Freunde waren ziemlich sicher, daß ihre Kombination stimmte. Denn über dieser bizarren Verästelung wuchsen die Halme deutlich schwächer, wahrscheinlich, weil der Boden hier über viele Jahrtausende hinweg keine Nahrung erhalten hatte, durch welke Blätter und faulende Äste etwa – früher, als noch alles Wald war.

Damals hatten sich diese bizarren Windungen wie schmale Schneisen durch den Forst gezogen.

Schließlich hatten sie das Labyrinth in ihrem Koordinatenrechteck eingetragen.

„Wer steigt in die Höhle?" fragte Toffie.

„Am besten Tina, sie ist am dünnsten", schlug Pimo vor.

„Hast du Lust, Tina?" Toffie sah die Freundin an.

Sie wußten alle, daß es ein gefährlicher Auftrag war. Die Bedrohung nahte von zwei Seiten, und Angst kam hinzu. Eine solche Röhre konnte einstürzen, dann war Tina kaum mehr zu retten. Auch Keule und Bisam konnten wiederauftauchen. In diesem Fall war die Sache ebenfalls äußerst bedrohlich.

„Ich mach's", erklärte Tina tapfer.

„Okay." Toffie nickte ihr aufmunternd zu.

„Angst habe ich eigentlich nur vor den ganz engen Röhren, durch die man sich auf dem Bauch hindurchzwängen muß. Ich weiß nicht, ob ich nicht vielleicht Platzangst bekomme. Hat von euch schon mal jemand Platzangst gehabt?"

„Ich", antwortete Pimo Penk in einem Tonfall, als wäre er sogar stolz darauf. „Das war vor zwei Jahren, als ich, in ein Faß eingesperrt, auf die Niagarafälle zugeschwommen bin, um mich in dieser tosenden Wasserhölle hinunterstürzen zu lassen. Da hatte ich Angst. Platzangst. In so einer Tonne, in der ich mich nicht rühren konnte. Ich meine, es war natürlich alles nur ein Traum. Aber Platzangst hatte ich, und zwar gewaltig. – He, wo geht ihr hin...?"

Toffie und Tina hatten sich längst gelangweilt abgewandt und waren über das Feld zum Wald zurückgegangen.

Pimo eilte hinter ihnen her. „He, wartet mal! Wollt ihr denn nicht hören, wie es weitergegangen ist?“ rief er.

Tina fuhr herum und funkelte ihn an. „Nein, wir wollen es nicht hören, Pimo. Es interessiert uns nämlich nicht.“

„Na, okay, dann eben nicht“, murmelte Pimo, der eigentlich überhaupt nicht nachtragend war.

*

Die Aufgaben wurden so verteilt: Tina sollte in einem ersten Versuch Teile der unterirdischen Gänge untersuchen, Toffie folgte ihr auf dem Feld, wobei er sich durch Kopfzeichen mit Tina verständigen wollte. Diese Klopfzeichen durften nur schwach geführt werden, damit die Freundin nicht etwa unter einstürzender Erde begraben wurde. Pimos Job war es, ganz drüben jenseits des Lehmweges Wache zu schieben. Sein Beobachtungsposten war die Anhöhe, auf der Toffie zum erstenmal die flachen Erhebungen auf dem Feld entdeckt hatte. Pimo hatte von dort aus einen guten Überblick, über eine lange Strecke des Weges, nach beiden Seiten hin, und über das Feld und den Wald.

Falls er Keules und Bisams Fahrzeug entdecken würde, sollte er sofort pfeifen und die Freunde auf diese Weise alarmieren.

Tina schob sich durch das Einstiegsloch und ließ sich in die Höhle hinabgleiten. Noch einmal erschien ihre Hand oben in der Öffnung.

Toffie drückte ihr die Taschenlampe in die Hand.

Tina hatte im Inneren der Höhle schnell die Wand erreicht, die sie und später auch Keule durchbrochen hatten. Durch dieses Loch stieg sie auf die andere Seite hinüber.

Das Licht der Taschenlampe lag ruhig über dem Bild, das ihr bereits bekannt war.

Röhren, Schläuche und Gänge führten von hier in die Tiefe der Erde.

Tina konnte sich vorstellen, daß dies System dem Adersystem des Menschen ähnlich war, wo große und kleine Gefäße ineinander mündeten und sich in einem verästelten Gebilde weiterpflanzten.

Sie nahm das zusammengefaltete Blatt Papier aus der Tasche ihrer Jeanshose und entfaltete es.

Toffie hatte die Linie aufgezeichnet, auf der sie sich nach Möglichkeit bewegen sollte. Und diese Linie schrieb ausgerechnet vor, daß sie sich durch eine höchstens vierzig Zentimeter hohe Röhre hindurchzwängen mußte.

Das Mädchen kniete nieder und leuchtete in die Röhre hinein. Sie war nicht allzu lang, gottlob, vielleicht acht oder zehn Meter. Aber sie mußte liegend und kriechend bewältigt werden.

Tina legte sich nieder und führte als erstes die Hand mit der Taschenlampe in die Röhre. Dann kroch sie hinein, zwängte sich schiebend und kriechend vorwärts.

Ihre Schultern berührten die Röhrenwand und ihr Rücken ebenfalls. Es war anstrengend, wie ein Wurm vorwärts zu kriechen. Aber es mußte sein.

Die Luft war schlecht. Sie kam ihr in einem leichten Zug entgegen, roch modrig-faulig. Nur einen Augenblick lang fragte sich Tina, woher diese Zugluft eigentlich stammte.

Es mußte irgendwo noch eine andere Öffnung ins Freie geben.

Dann vernahm sie Klopfzeichen über sich. Toffie befand sich nahezu senkrecht über ihr. Tina schätzte, daß sie drei oder vier Meter voneinander getrennt waren. Aber es konnten auch mehr sein. Denn ihre Röhre führte in einem leichten Gefälle in die Tiefe.

Sie begann zu keuchen. Und sie schwitzte. Mehrmals hielt sie inne, um auszuruhen. Ihr Keuchen wurde immer heftiger, bedingt durch den mangelnden Sauerstoff in der Höhle.

Es war unendlich mühsam, durch diese Röhre zu kriechen. Fast eine halbe Stunde dauerte es. Dann weitete sich der Schein der Taschenlampe in eine Art Gewölbe, in dem eine flache Wasserpfütze stand.

Als sich Tina endlich aus der Röhre befreite, erhob sie sich in dem Gewölbe. Es war fast so hoch, daß sie darin stehen konnte.

Aber sie erschrak. Es gab Spinnen hier. Und Käfer. Winzige Lebewesen, die, durch das Licht aufgeschreckt, über die feuchten Wände und über den Boden flüchteten, um in irgendwelchen Ritzen zu verschwinden.

„Wie gräßlich", stöhnte das Mädchen.

Plötzlich empfand sie Angst. Eine entsetzliche, lähmende Angst. Nicht vor diesen Tierchen, die wahrscheinlich harmlos waren, auch nicht vor Keule und Bisam, die vielleicht ebenfalls in dieses Höhlensystem eindringen mochten, sondern eine grausame Angst davor, für immer in dieser Höhle eingesperrt zu sein. Wenn der schlauchartige Gang, durch den sie gekrochen war, einbrach, fand sie nie wieder zurück.

Dann aber gewann Tina ihre Nüchternheit zurück. Sie kalkulierte ganz cool, dachte daran, daß diese unterirdische Röhre ja womöglich über Jahrtausende hinweg nicht eingebrochen war.

„Weiter", sagte sie sich.

Auch Toffies Klopfzeichen drangen wieder wie aus unendlicher Ferne dumpf zu ihr herab, tröstend und ermutigend.

10. Die zwei Ganoven tauchen wieder auf

Keule lenkte sein Gespann aus Astheim heraus und in Richtung der Waldgegend, in der das Erdloch lag, das Pit Keule immer noch Rätsel aufgab.

Keule brachte es einfach nicht übers Herz, die Gegend zu verlassen, ohne an diesen Schatz herangekommen zu sein, den die Halbwüchsigen suchten. Er witterte die große Gelegenheit, die Chance, die man vielleicht nur einmal im Leben hatte.

Während das Gefährt durch die Nacht holperte, meldete sich sein Kumpan Bisam plötzlich mit der Frage: „Weißt du, was ich nicht ganz kapiere, Keule?“

„Was denn?“ fragte Keule wohlwollend, denn er glaubte, Bisam würde auf das Rätsel des vergrabenen Schatzes zu sprechen kommen.

„Ich verstehe eines nicht“, sagte der Blonde, der neben ihm saß. „Wie du das immer wieder schaffst, daß du mit dem Fuß auf ein Pedal drückst und damit diesen riesigen Blechkasten hier zum Laufen bringst. Wie funktioniert das eigentlich?“

„Wie das funktioniert, du Dussel? Da vorn im Auto ist ein Motor drin.“

„Ein Motor? Wozu denn?“

„Ein Motor, der das Fahrzeug antreibt, wenn man aufs Pedal drückt, du Schwachkopf.“

„Du meinst, das Pedal allein genügt gar nicht, daß das Ding fährt?“

„Nein, ein Pedal genügt nicht!“

„Und der Wohnwagen? Womit fährt der?“

Keule schoß die Wut in den Kopf. „Der Wohnwagen hängt hinten dran!“

„Du meinst also, der braucht kein Pedal und keinen Motor?“

„Nein!“

„Warum fahren wir dann nicht mit dem Wohnwagen allein?“

„Du kannst es ja mal probieren."

„Wie groß sind eigentlich diese Männchen aus der Bronzezeit, Keule?"

„Welche Männchen denn?"

„Die wir haben rumlaufen sehen."

„Das waren keine Männchen aus der Bronzezeit! Das waren diese drei halbwüchsigen Buddler."

„Dafür, daß sie ein paar tausend Jahre alt sind, waren sie recht klein, Keule."

„O Gott!" stöhnte Pit Keule am Lenkrad verzweifelt.

„Ich fand sie nett, diese kleinen Männchen aus der Bronzezeit mit ihrem Hihihihihi. Vielleicht wollten die nur mit uns spielen. Ich würde gerne mal mit einem von ihnen reden."

„Halt jetzt endlich die Klappe, du hirnverbrannter Idiot!" schrie Pit Keule.

Er war jetzt ganz von dem Gedanken beherrscht, einen dieser Halbwüchsigen zu fangen, die in der Höhle herumsuchten, um ihn mal ein wenig auszufragen. Durch logisches Kombinieren hatte Keule nämlich längst durchschaut, daß der Totenkopf auf dem Papier von einem dieser jugendlichen Nichtsnutze stammte.

Er dachte sich: ‚Wenn die schon so dumm sind, von allein hinter uns herzuspionieren, dann locke ich sie ganz einfach in die Falle. Und wenn sich dann herausstellt, daß an dem Schatz gar nichts dran sein sollte, dann räumen Bisam und ich eben noch ein Haus in Astheim aus und verschwinden dann endgültig für alle Zeiten.‘

Keule stellte das Gespann im Wald ab, knapp einen Kilometer von dem geheimnisvollen Erdloch entfernt.

Er stieg aus. „Komm, Bisam", kommandierte er. „Laß uns noch etwas essen, und dann wollen wir schlafen."

Sie hatten einen Platz gefunden, an dem Auto und Wohnwagen gut getarnt hinter hoch aufgestapeltem Rundholz standen.

*

Am Morgen stellten sie fest, daß der Wassertank des Wohnwagens leer war.

„Macht nichts, Keule“, sagte Bisam gutgelaunt. „Komm mit, ich kenne ein Rinnsal mit frischem Quellwasser, das hier durch den Wald fließt.“

„Meinst du, du findest das auch wieder?“ knurrte Keule.

„Keine Sorge“, antwortete Bisam.

Mißmutig stapfte Keule hinter seinem Kumpan her, denn er hielt nicht viel von dessen Orientierungssinn. Nach zwanzig Minuten schimpfte er: „Was ist denn nun, Bisam? Wo verdammt noch mal ist das Rinnsal?“

„Es müßte eigentlich hier sein.“ Bisam blieb ratlos stehen.

„Wo, hier?“

„Hier zwischen all den Bäumen.“

„Zwischen all den Bäumen?“ Keules Wut stieg wieder an.

„Ja, als ich damals vor diesen Bronzemenschen davongerannt bin, bin ich in das Rinnsal hineingefallen. Und es war zwischen diesen Bäumen.“

„Verdammt, der Forst ist riesig, und überall stehen Bäume. Ich will nicht bis ins Jahr zweitausend hier rumstolpern und ein Rinnsal suchen.“

„Das will ich auch nicht, Keule.“

Sie stapften weiter, und diesmal übernahm Keule die Führung.

Er selbst hatte jetzt ebenfalls die Orientierung verloren, wußte nur noch ungefähr, wo er sich befand. Auch nach der Sonne konnte er sich nicht orientieren, denn der Himmel war bedeckt.

„Zu dumm“, schimpfte er vor sich hin.

Plötzlich blieb er stehen. „Horch mal!“ sagte er.

Bisam blieb stehen.

„Hörst du was, Bisam?“

„Ja, ein Plätschern.“

„Genau.“

Keule folgte der Richtung, aus der das Plätschern kam. Und

dann sah er zwischen den Bäumen einen kleinen Wasserfall. Der Wald, der ohnehin hügelig verlief, stieg hier auf eine Höhe von etwa fünf Metern ziemlich steil an. Und von dort oben schlängelte sich ein dünnes Rinnsal zwischen den Stämmen herab und bildete danach einen etwa zwei Meter hohen Wasserfall, der allerdings nicht breiter als einen halben Meter war und der auch nur ziemlich dürftig plätscherte.

„Ist ja prima“, rief Keule freudig.

Sie wuschen sich an diesem Wasser.

Das Rinnsal übersprang hier einen felsdurchsetzten Waldboden. Moos wuchs über diesen Stein bis dicht an die ausgewaschene Mulde, in die die kleine Kaskade hineinplätscherte.

„Riechst du was, Bisam?“ fragte Keule.

„Ich?“

„Ja, du. Ob du was riechst?“

„Natürlich rieche ich was, Keule. Den Waldboden, das Laub.“

„Nein, ich meine etwas anderes“, erwiderte Pit Keule unwirsch. Er schnüffelte mit der Nase nach oben herum wie ein Hund. „Ein seltsamer Geruch. Er kommt mir bekannt vor.“

Plötzlich entdeckte Keule einen schmalen Felsspalt hinter dem kleinen Wasserfall. Er näherte sich ihm. Dann sog er tief die Luft ein. „Merkwürdig“, murmelte er. „Derselbe modrigfaule Geruch, der auch aus dem Erdloch kam.“

Bisam war neugierig geworden. Auch er trat an den Spalt heran. „Du hast recht, Keule!“ rief er freudig. „Gleich kommen wieder die kleinen Männchen raus und schreien hihihihihi!“

„Esel!“ Keule beguckte sich den Spalt näher. Er war einen Meter hoch, vielleicht fünfunddreißig oder vierzig Zentimeter breit. Mit Mühe und Not konnte man sich da hineinzwängen.

Keule hatte nämlich eine Idee. Er konnte sich vorstellen, was Bisam in seiner Einfalt ebenfalls erraten hatte. Daß nämlich das Erdloch, in dem die beiden Jungen und das Mädchen buddelten, mit diesem Spalt verbunden war. Auch hier herrschte

eine feine Zugluft, auch dieser Spalt führte in eine Höhle hinein.

„Wenn ich nur wüßte, wo wir uns befinden", rätselte er und spähte um sich. Doch überall sah er nur das Bild dichtgestaffelter Eichen und Buchen.

„Hol doch mal die Taschenlampe aus dem Wohnwagen, Bisam", bat er.

„Mach ich, Keule."

Der kleine Blonde mit dem frettchenhaften Gesicht wandte sich um und rannte los.

„He, Bisam, nicht dorthin!" rief Keule ihm noch nach. „Das ist die falsche Richtung! Halte dich weiter rechts!"

„Ist gut, Keule", antwortete Bisam. Und schon war er zwischen den Bäumen verschwunden.

Der bullige, dunkelhaarige Mann wartete eine halbe, dann eine Dreiviertelstunde.

Bisam kam nicht wieder.

„Verdammter Schwachkopf", schimpfte Keule vor sich hin. „Zu blöd, um 'ne Taschenlampe aus einem Wohnwagen zu holen."

Er wartete eine weitere Viertelstunde.

Schließlich war es ihm selbst zu blöd, hier noch länger auszuharren, und er kehrte zielstrebig zum Wohnwagen und zu seinem Auto zurück.

Von Bisam war weit und breit nichts zu sehen.

„He, Bisam!" rief Keule in den Wald. „Wo steckst du?"

Doch es kam keine Antwort. Der Wald lag in völligem Schweigen da.

Die Taschenlampe lag noch an ihrem Platz auf der Ablage neben dem kleinen Spülbecken. Also hatte Bisam sich vermutlich wieder mal verirrt, den Wohnwagen bislang gar nicht wiedergefunden.

„Na ja, gut", sagte sich Keule. „Irgendwann wird Bisam schon hierher zurückkehren und auf mich warten. Dann werde ich diese neue Höhle eben alleine inspizieren."

Nur zehn Minuten später hatte er den Wasserfall wieder erreicht. Er schob sich hinter die dünn plätschernde Kaskade, kniete nieder und zwängte sich durch den Spalt.

Gleichzeitig knipste er die Lampe an.

Ihr Licht fuhr über nasses Gestein, das einen engen Gang bildete. Der Gang führte, in einem sanften Gefälle, leicht gekrümmt in die Tiefe.

Die Luft roch faulig.

„Mal sehen, wo dieser gespenstische Gang hinführt", knurrte Keule vor sich hin.

Er hatte ein gutes Gefühl, hatte ein Gefühl, als stünde er vor einer großartigen Entdeckung.

*

Staunend betrachtete Tina das Gewölbe, in das sie vorgedrungen war.

Da waren Zeichnungen an den Wänden. Ganz deutlich hoben sie sich im Licht ihrer Taschenlampe hervor.

Schwer enträtselbar waren sie, diese in Strichen gezeichneten Männchen und Tiere. Oder waren es etwa nur zufällig miteinander verbundene dunkle Erdadern im hellen Löß, die ihr diese Bilder vorgaukelten?

Tina war gefesselt von dem, was sie sah. Augenblicke lang fühlte sie sich zurückversetzt in eine Zeit von Tausenden von Jahren. In diesem Gewölbe hatten damals Menschen gestanden, genauso wie sie selbst jetzt auch. Diese Lößhöhle hier hatte sich wohl kaum verändert seit damals, sah immer noch genauso aus wie damals, im Gegensatz zu dem Wald oder dem Feld draußen im Freien.

Das Licht der Lampe stieß tief in einen gekrümmten Gang hinein. Vorsichtig betrat das Mädchen den Gang, dessen Decke spitz zulief, wie ein schmales gotisches Gewölbe.

Sie vernahm Toffies Klopfzeichen über sich und gab diese Klopfzeichen zurück.

Auch für Toffie mußte es ein tolles Erlebnis sein, mitzukriegen, wie sie sich hier in der Tiefe weiter und weiter fortbewegte.

Der Gang verästelte sich, und Tina folgte in etwa der auf dem Zettel vorgegebenen Zeichnung.

Dann gabelte sich der Gang erneut, wurde niedriger, röhrenartiger. Die Klopfzeichen kamen aus größerer Ferne, schienen dringlicher. Was wollte Toffie damit aussagen?

Tina leuchtete auf ihre Zeichnung. Offensichtlich war sie von dem geplanten Weg abgewichen.

Sie kehrte um, erreichte die Gabelung wieder und wählte den anderen Weg.

Jetzt mußte sie sich tief geduckt vorarbeiten.

Freude durchflutete sie, als der Gang einen Knick nach rechts machte und sie erkannte, daß dieser Knick genau ihrem Plan entsprach.

Jetzt wußte sie, daß sie sich tatsächlich einem verborgenen Grab aus einer lange vergangenen Zeit zubewegte.

Plötzlich erschrak sie. Sie hielt inne.

Toffies Klopfzeichen kamen in rascher Folge von oben. Heftig, antreibend, warnend.

Das hörte sich nach Gefahr an.

Bum, bum, bum, bum, bum, machte es in rascher, antreibender Folge.

Erde löste sich über Tina und fiel von der Decke.

Bum, bum, bum!

„Hör auf, Toffie, hör auf! Hör endlich auf!“ flehte Tina erschrocken.

Wieder drangen die dumpfen, dringlichen Schläge durch die Erde. Und jetzt stürzten unter den Schlägen von oben ganze Erdmassen nieder, rutschten in den Gang hinein, Staub wirbelte auf, nahm Tina die Sicht und die Atemluft.

„Toffie, hör auf!“ keuchte sie. Sie mußte husten, versuchte, über einen Haufen niedergestürzter Erde zu steigen, um zurück zum Ausstieg und ins Freie zu flüchten.

Bum, bum, bum! Immer warnender und beschwörender dröhnten die dumpfen Schläge.

„Toffie, hör auf, hör auf, die Decke stürzt ein!“ schrie Tina noch.

Voll Entsetzen sah sie im Licht ihrer Taschenlampe, wie die Wand sich spaltete und die helle Decke nachgab, platzte und die Erde in gewaltigen Massen niederstürzte.

Tina taumelte vorwärts. Sie hustete, konnte kaum noch atmen, flüchtete in die Richtung, die immer tiefer in dieses Labyrinth hineinführte.

Dann endlich hörte das Klopfen über Tina auf, und es war still.

Tina blieb stehen. Sie keuchte, ihr Herzschlag dröhnte in ihren Ohren.

Eine Weile verharrte sie so, bis sie sich beruhigt hatte. Dann kehrte sie zu der Stelle zurück, an der der Gang eingestürzt war. Da gab es kein Durchkommen mehr. Dieser Rückweg war ihr versperrt.

Angst stieg in ihr hoch, Angst, daß die Luft in diesem Gang sich allmählich verbrauchte und daß sie hier ersticken mußte.

Dann waren die Klopfzeichen wieder da. Diesmal leise, beruhigend.

Mit ihrer Lampe gab Tina die Klopfzeichen zurück.

Sie wußte, daß Toffie und Pimo ihr helfen würden. Diese Gewißheit löste die schreckliche Angst in ihr.

Sie wandte sich wieder um, ging langsam tiefer in den unterirdischen Gang hinein. Sie mußte sich bücken. Der Schein ihrer Lampe eilte ihr voraus.

Dann endete der Gang plötzlich. Aber nicht eine Erdwand war es, die den Gang abschloß, sondern etwas anderes.

Tina registrierte es mit Entzücken und Staunen. Obwohl sie in einer bedrohlichen und sogar lebensgefährlichen Lage war, empfand sie in diesem Augenblick nur noch Neugierde.

Der Schacht, in dem sie tief gebückt stand, war mit mehreren geschmückten Steinen verschlossen. Diese aus rohem Fels gehauenen Steine waren lose aufeinandergeschichtet. Zwischen ihnen waren Ritzen. Und durch diese Ritzen konnte man mit Hilfe der Lampe hindurchblicken.

Da war eine Kammer. Ganz deutlich erkannte Tina sie. Sie war vielleicht einen Meter zwanzig hoch und ebenso breit und lang.

Etwas Gräßliches nahm Tina durch eine der Ritzen wahr. Eiskalt lief es ihr den Rücken hinunter. Und doch wieder löste der schaurige Anblick eine eigenartige Faszination in dem Mädchen aus.

Da lag ein Mensch auf dem Boden, ein winziger, mumifizierter Mensch, das Gesicht zu einer verschrumpelten, starren Maske verzerrt.

Noch etwas war da, das Tina jedoch nicht erkennen konnte, weil der Blickwinkel durch die Ritzen zwischen den Steinen nur ungenügenden Einblick in die Grabkammer gewährte.

Das Mädchen legte die leuchtende Taschenlampe auf dem Erdboden ab und begann, die Steine einzeln herauszuheben.

Ein feiner Luftzug streifte ihr Gesicht. Wieder war es dieser modrig-faulige Geruch, den sie bereits kannte.

Dann hatte sie die Quadersteine beiseite geschichtet. Und sie konnte in die Grabkammer hineinsehen und sogar hineinkriechen.

Da lag noch eine Mumie am Boden. Mit wächsern wirkenden, dunklen Bandagen umwickelt, wie eine häßliche Puppe, aus der die verschrumpften dunklen Hände anklagend herausragten. Auch dieses Gesicht war dunkelbraun verfärbt und zerknittert.

Aber Tina hatte keine Angst vor diesen beiden Toten. Etwas anderes erfüllte sie mit Verwunderung und Entzücken: Da stand eine Statue am Boden zwischen den beiden Mumien, etwa dreißig Zentimeter hoch, matt leuchtend. Sie stellte eine unbeholfen stilisierte Frau dar.

Tina nahm die Statue vom Boden auf und betrachtete sie ehrfürchtig.

Es war eine schwere, massive Skulptur. Und so unbeholfen sie geformt war, so anmutig und schön wirkte sie doch.

Tina hatte die Gefahr, in der sie schwebte, völlig vergessen.

Als sie die Statue mit beiden Händen wieder behutsam auf dem Boden der Grabkammer absetzte, erschrak sie und schrie gellend auf.

Da stand ein schwarzer Mensch vor ihr, mit lebendigen Konturen, schwarz und gespenstisch.

„Hilfe!" schrie Tina gellend und entsetzt auf.

Dann schlug sie die Hände vors Gesicht, ging in die Knie, ihr Körper bebte.

„O Gott!" stöhnte sie leise. „Wie entsetzlich!"

Was sie schwarz vor sich gesehen hatte, war nur ihr eigener Schatten gewesen. Der Schatten, den sie selbst an die Wand der Grabkammer warf.

11. Tina gerät in Lebensgefahr

Pimo hatte eine Zeitlang auf seinem Beobachtungsposten auf der kleinen Anhöhe gesessen. Es war warm, der Himmel bedeckt, Grillen zirpten. Er sah zu, wie Toffie dort unten auf dem grünen Geld langsam dahinschritt, sich hin und wieder niederkniete, um Tina, die sich tief unter ihm in den Höhlengängen befand, Klopfzeichen zu geben.

An Toffies langsamem Weg konnte Pimo genau ablesen, wo Tina sich gerade befand. Toffie bewegte sich allmählich auf das Oval zu, das sich im Feld durch eine hellere, leicht gelblichere Fläche abzeichnete.

Dort unten, unter diesem Oval, befand sich also das Grab. Mit all seinen Kostbarkeiten. Wahrscheinlich waren dort Goldbarren aufeinandergeschichtet. In eisenbeschlagenen Truhen lag Geschmeide. Edelsteine funkelten in allen Farben, Rubine, Smaragde, Brillanten.

Pimo hatte noch keine Vorstellung davon, wie sein Leben weitergehen sollte, wenn die kostbaren Schätze erst einmal zwischen ihm, Tina und Toffie aufgeteilt worden waren. „Vielleicht kaufe ich mir ein Schiff", dachte er. „Einen Dreimaster. Damit segle ich vor der Küste Floridas und suche unter Wasser nach weiteren Schätzen. Nach versunkenen Galeeren, in denen noch heute das Gold der Inkas ruht, das nach Spanien gebracht werden sollte."

Dann wieder dachte er, daß es besser wäre, ein eigenes U-Boot zu besitzen, ein kleines U-Boot, in dem er unter Wasser um die ganze Welt und auch flußaufwärts fahren konnte. Die Prill hinauf bis Astheim natürlich nicht, dazu war der Fluß zu seicht. Aber Flüsse wie den Rhein, den Main, die Elbe oder die Donau konnte er mit solch einem U-Boot schon befahren.

Pimo gefiel die Vorstellung, eine Weile nur noch unter Wasser zu leben, irgendwann aufzutauchen, die Leute zu erschrecken und mit frischem Proviant wieder unterzutauchen. Auch Toffie und Tina würde er natürlich hin und wieder zu kleineren Ausflügen nach Afrika, Indien oder zum Nordpol mitnehmen.

Pimo versank mehr und mehr in seine herrlichen Träumereien. Plötzlich aber schrak er auf. Seine scharfen Augen erspähten eine Bewegung im Wald.

Da war etwas, etwas Blaues. Es erschien einen Lidschlag lang zwischen den Bäumen, verschwand wieder. Dann sah Pimo, daß es Bisam war, der dort, etwa fünfhundert Meter von ihm entfernt, scheinbar ziellos durch den Laubwald irrte.

Pimo erhob sich und gab seine warnenden Pfiffe nach unten ab. Toffie sah zu ihm hinauf.

Pimo ruderte mit den Armen, um zu erkennen zu geben, daß Gefahr drohte.

Toffie kniete sofort nieder und gab die Meldung mit Klopfzeichen an Tina weiter, die tief unter ihm in der Erde steckte.

Eine Weile konnte Pimo Bisam noch beobachten. Doch dann verschwand der kleine Blonde tiefer im Wald. Pimo rannte die Anhöhe hinab aufs Feld und auf Toffie zu.

„Es ist Bisam", meldete er aufgeregt. „Er geistert dort hinten durch den Wald."

„Wenn Bisam da ist, ist Keule auch da." Toffies Stirn furchte sich in Besorgnis. „Wir müssen Tina warnen – sie muß raufkommen."

Toffie kniete nieder und hämmerte mit den Fäusten auf den Erdboden. Als er stillhielt, hörten er und Pimo, wie Tina die Klopfzeichen erwiderte. Toffie gab wieder aufgeregt-dringliche Klopfzeichen ab, die von Tina erwidert wurden.

„Sie bewegt sich nicht, warum rennt sie nicht zum Ausstieg?" fragte sich Toffie besorgt. Gleichzeitig schweifte sein Blick übers Feld und suchte den Waldrand ab. „Jede Sekunde können Keule und Bisam auftauchen und uns angreifen", sagte er.

Wieder kniete er nieder und hämmerte mit beiden Fäusten auf die Erde, um Tina zu warnen.

Ein merkwürdiges unterirdisches Geräusch beunruhigte ihn.

„Hör mal, Pimo“, raunte er.

Sie legten sich beide auf das mit grünen, jungen Halmen bedeckte Feld und lauschten. Da war ein seltsames Rauschen, das ihnen Rätsel aufgab.

„Los, Tina, komm“, rief auch Pimo. Nun hämmerten sie beide mit den Fäusten auf den Erdboden.

Doch dann geschah etwas Furchtbares.

„Hör auf, Pimo, hör auf!“ schrie Toffie entsetzt.

Ein dumpfes Poltern quoll aus der Erde zu ihnen herauf. Und im selben Augenblick sahen sie, wie die Halme zitterten. Und dann, mit einem Schlag, sank die Erde ein und bildete eine flache Mulde, mit einem Durchmesser von etwa einem Meter.

„Der unterirdische Gang ist eingestürzt!“ schrie Pimo verzweifelt. „Tina ist verloren.“

Dann waren Tinas Klopfzeichen wieder zu hören, die sich in Richtung zum Oval bewegten.

„Was machen wir nur?“ Toffie sprang auf. Er wirkte ratlos und verstört.

„Tina kann nicht mehr zurück“, sagte Pimo. „Jetzt bewegt sie sich in die andere Richtung!“

„Hoffentlich erstickt sie dort unten nicht.“

„Ja, hoffentlich“, sagte auch Pimo leise.

Sie waren durch die plötzliche Entwicklung völlig überrascht, eine Weile unfähig, einen klaren Gedanken zu fassen. Und noch immer bestand die Gefahr, die von Keule und Bisam ausging, die jeden Augenblick aus dem Wald stürzen und sie angreifen konnten.

Es war eine bedrohliche Situation.

„Komm, Toffie, laß uns abhauen und die Polizei benachrichtigen“, schlug Pimo ängstlich vor.

„Das wäre Flucht, Pimo“, erwiderte Toffie leise. „Noch haben wir vielleicht die Chance, dieses Problem allein zu lösen.“

„Und wenn Tina erstickt?“

Toffie schüttelte den Kopf. „Sie wird nicht ersticken.“

Ihm war aufgefallen, daß die Klopfzeichen sich beruhigt hat-

ten. Und ihm fiel wieder ein, daß dort unten in der Höhle Zugluft geherrscht hatte. Und das bedeutete, daß das Labyrinth dieser Gänge mindestens einen zweiten Ausgang hatte.

„Ich steige in das Erdloch ein, Toffie", sagte Pimo nervös.

„Und was soll das für einen Zweck haben?"

„Ich muß sie suchen. Wir können sie doch dort unten nicht hilflos allein lassen. Wir müssen uns zu ihr durchbuddeln."

„Ohne Taschenlampe, Pimo? Wie willst du sie in diesem Röhrensystem jemals finden?"

„Aber..."

„Tina kann jetzt nur eines helfen. Daß wir ganz ruhig bleiben und ihre Lage ganz nüchtern analysieren. Genau das wäre auch Tina am liebsten. Sie braucht Hilfe. Aber vernünftige Hilfe."

Toffie folgte auf dem Feld einige Meter dem Weg, den Tina wahrscheinlich unter der Erde genommen hatte. Dann kniete er nieder und schickte ganz sanfte Klopfzeichen nach unten.

Er hob den Kopf und sah Pimo an. „Sie antwortet."

„Könnt ihr euch verständigen?"

„Ich glaube ja", antwortete Toffie. „Offensichtlich ist Tina der Weg zum Erdloch abgeschnitten worden. Sie bewegt sich in der anderen Richtung weiter. Aber sie scheint besonnen und ohne Angst zu sein."

„Was machen wir jetzt, Toffie?"

„Wir fahren nach Astheim zurück."

„Nach Astheim? Ist das dein Ernst?"

„Ich muß mit dem Schulcomputer arbeiten, Pimo. Ich brauche jetzt einen ganz präzisen Plan des Grabes innerhalb dieses Ovals. Und die präzise Lage kann ich nur mit dem großen Schulcomputer bestimmen."

„Aber das dauert Stunden." Pimo starrte den Freund entsetzt an.

„Es ist Tinas einzige Chance. Nur wenn wir in den Koordinaten die genaue Lage des Grabes bestimmen, wissen wir auch, von wo aus der zweite Höhlengang zu dieser Stätte führt."

„Ein zweiter Höhlengang?“

„Ja. Es gibt ihn. Das steht für mich jetzt außer Zweifel. Es ist der Gang oder die Röhre, durch die die Zugluft hereingeführt wird. Genau über diesen Gang müssen wir Tina herausholen. Wenn wir die Polizei benachrichtigen, dann kommen sie mit Räumbaggern und graben hier alles um, um Tina zu befreien. Wir machen es anders. Mit Köpfchen. Komm!“

„Und was ist mit Bisam? Und mit Keule? Wenn die in unsere Lößhöhle einsteigen?“

„Dann kommen sie auch nur zu der Stelle, an der die Röhren und Gänge verschüttet sind.“

Toffie schickte Tina noch einige beruhigende Klopfzeichen in die Erde. Dann liefen er und Pimo los, in den Wald hinein und zu ihren Fahrrädern.

An der Brücke über der Prill trennten sich die beiden Jungen. Pimo sollte eine Taschenlampe und Werkzeug zum Graben holen und dann in den Computerraum der Schule nachkommen.

Toffie fuhr erst nach Hause, rannte sie Stiegen hinauf, raffte die Disketten zusammen, die Teile der Datei über die Hügelgräber enthielt, und raste dann auf dem Fahrrad zur Schule.

Im Sekretariat ließ er sich den Schlüssel für den Computerraum geben. Minuten später saß er tief und konzentriert in seine Arbeit versunken vor dem Schulcomputer.

Die Tür ging auf, und der Informatik-Lehrer Wölfchen steckte seinen Kopf durch den Spalt. Der drahtige, dunkelhaarige Mann war bei den Schülern sehr beliebt.

„Na, Toffie?“ erkundigte er sich freundlich. „Ich habe gehört, du hast dir noch mal den Schlüssel geholt.“

„Stimmt“, sagte Toffie, während er über die Tastatur Daten eintippte.

„Und? Worum geht’s?“

Toffie wollte erst eine ausweichende Erklärung geben. Dann aber fiel ihm ein, daß Lehrer Wölfchen ihm vielleicht sogar helfen konnte. Er erläuterte Wölfchen die Computer-Graphiken, die er bereits angefertigt hatte, und fragte ihn, wie man aus den bestehenden Fakten und Koordinaten die präzise Lage der Grabkammer herausfinden konnte.

„Ist das nur ein Spiel?“ Wölfchen sah den blondlockigen Jungen überrascht an. „Nur Theorie? Oder steckt mehr dahinter?“

Toffie nagte an der Unterlippe. „Es steckt mehr dahinter“, antwortete er.

„Ihr seid doch wohl hoffentlich nicht wieder in irgendeinen Kriminalfall hineingeschlittert?“ fragte Wölfchen aufmerksam.

Toffie zögerte mit der Antwort. „Bis jetzt nicht.“

„Na, ich weiß nicht.“ Wölfchen schien mit der Antwort nicht ganz zufrieden. Aber er gab Toffie einige Tips, ehe er sich freundlich verabschiedete und den Computerraum verließ.

Als Pimo eintraf, schob sich gerade der neue Computer-Ausdruck aus dem Drucker:

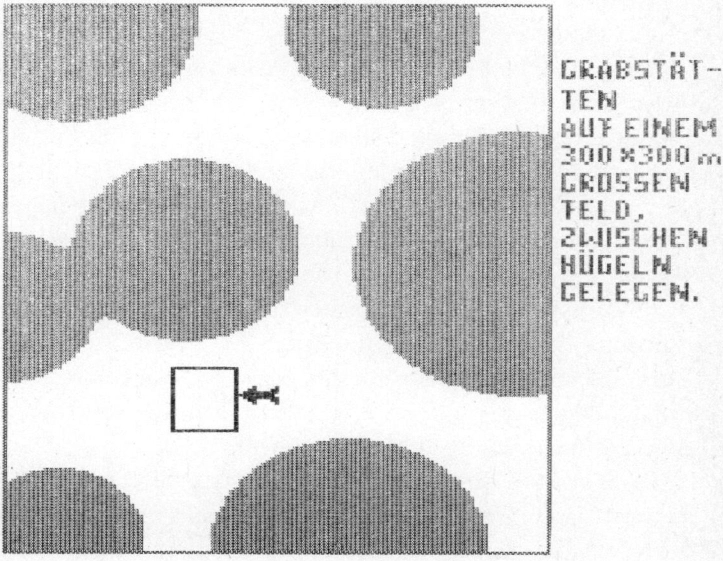

„Hier." Toffie reichte seinem Freund die Graphik. Dann erläuterte er ihm die auf dem Bildschirm aufleuchtenden Bestimmungsdaten innerhalb des Koordinaten-Rasters.

„Du meinst, diese Grabstätte hat eine rechteckige Form?" fragte Pimo.

„Ja. Und Tina bewegt sich unmittelbar darauf zu."

„Dann müßte die Kammer gemauert sein, wenn sie so rechteckig ist. Oder wenigstens aus Steinen aufgeschichtet."

„Das ist sie auch. Höchstwahrscheinlich. Zumindest geht das aus der Struktur der Bepflanzung hervor. Innerhalb des Ovals zeichnet sich deutlich ein Rechteck ab. Es ist mir mehrmals aufgefallen. Unter ganz bestimmten Lichtverhältnissen. Manchmal nur für eine Sekunde, wenn der Wind über die Halme strich und sie in eine bestimmte Richtung legte. Nur habe ich nie auf diese Erscheinung geachtet. Jetzt aber wird sie mir klar."

„Wenn sich da eine Kammer befindet, Toffie, und wenn Tina sie erreicht, dann wäre sie in der Kammer vor niederstürzender Erde sicher."

„Genau so ist es."

„Und wenn ein zweiter Zugang zu der Kammer führt, dann hätte sie auch Luft zum Atmen."

„Pimo", Toffie legte seine Hand auf die Schulter des Freundes, „genau dies waren meine Gedanken draußen auf dem Feld, als ich vorschlug, daß wir nüchtern und logisch denken und der Computer analytisch kombinieren sollte, um herauszufinden, wie es dort unter der Erde aussieht."

Tiefer Ernst stand in Pimos grauen Augen. „Dann droht also die größte Gefahr von Keule und Bisam?"

Toffie nickte. Seine Stirn furchte sich im Gedanken an die bevorstehenden Abenteuer. Vielleicht würde es sogar zum Kampf kommen. „Hast du Waffen dabei?"

„Eine Handvoll Blitzknaller, die bei uns von Silvester übriggeblieben sind. Und für den Nahkampf – falls erforderlich – Pfadfindermesser und einen schweren Schraubenschlüssel."

„Das klingt gut", sagte Toffie. „Also, komm. Laß uns in den Wald hinausfahren."

*

Die Ereignisse im Wald vor Astheim begannen dramatisch zu werden. Nachdem Bisam den Auftrag erhalten hatte, die Taschenlampe aus dem Wohnwagen zu holen, war er ziellos im Wald herumgeirrt, unfähig, den Wohnwagen wiederzufinden.

Nach einer halben Stunde hatte er sich bereits so weit von seinem Ziel entfernt, daß er überhaupt keine Chance mehr hatte, es jemals zu finden. Wohin er blickte, er sah immer nur Bäume. Und alle Bäume sahen gleich aus.

„Verdammt, verdammt!" schimpfte er vor sich hin.

Er hatte Angst, Angst vor Bestrafung durch Keule, daß er ihm nicht die Taschenlampe gebracht hatte, Angst vor den Höhlengeistern, die bei Dunkelheit wahrscheinlich durch den Wald schwärmen würden, um alle ihre Feinde zu töten – und Angst vor der Nacht selbst. Denn Bisam hatte mit der Finsternis nichts im Sinn.

Wenn es nach ihm ging – das hatte er sich schon oft ausgedacht –, bräuchte es überhaupt keine Nacht zu geben. Er konnte sich gut vorstellen, in einem Land zu leben, in dem immer nur Tag herrschte. Bisam war auch überzeugt davon, daß es so ein Land gab. Irgendwo.

Es dauerte noch einmal eine gute halbe Stunde, bis er an den hoch aufgestapelten Baumstämmen vorbeikam, hinter denen der Wohnwagen versteckt war.

„Moment mal", murmelte er überrascht.

Der Stapel Rundholz kam ihm bekannt vor. Irgendwann hatte er ihn schon mal gesehen. Nur konnte er sich nicht erinnern, wo.

Er ging um den Stapel herum – und entdeckte zu seiner größten Verblüffung das abgestellte Gespann aus Auto und Wohnwagen. „Da bist du ja!" rief er erfreut aus und eilte auf den

Wohnwagen zu, als wäre der etwas Lebendiges und hätte sich nur vor ihm versteckt.

Er riß die Tür auf und suchte die Taschenlampe, konnte sie aber nirgends finden.

Auch dafür hatte er wieder keine Erklärung. Alles andere war da, nur diese eine Lampe nicht.

Bisam kletterte aus dem Wohnwagen, um ihn von außen anzusehen und zu prüfen, ob es auch der richtige Wohnwagen war. Nachdem er diese Feststellung definitiv getroffen hatte, fiel ihm als einzige Erklärung ein, daß die Männchen aus der Bronzezeit den Wohnwagen entdeckt und die Lampe geklaut hatten.

„So wird's gewesen sein", sagte er sich. „Sie haben mit der Lampe gespielt und entdeckt, daß vorne Licht rauskommt. Und dann haben sie sich gedacht, so etwas könnten sie unter der Erde gut brauchen."

Durch diese Erklärung einigermaßen zufriedengestellt, machte sich Bisam auf den Weg, um Pit Keule zu suchen. Erstaunlicherweise entdeckte er den kleinen Wasserfall schnell, an dem sie sich getrennt hatten.

Doch Keule war nicht mehr da.

„Keule!" rief Bisam durch den Wald. „Wo steckst du, Keule. Hallo, Keule." Doch niemand antwortete ihm.

„Verhext", sagte sich Bisam und versuchte, auch für Keules Verschwinden eine Erklärung zu finden. Dann kam er drauf, daß sein Kumpan womöglich in den Spalt hineingekrochen und dort verschwunden war. Und er zwängte sich jetzt selbst dort hinein.

Der felsige Gang mit seiner spitz zulaufenden Decke krümmte und verengte sich. Schon nach wenigen Metern befand sich Bisam in totaler Finsternis. Er kroch eine Weile weiter, schabte mit den Schultern an den Wänden entlang, stieß an vorspringenden Ecken und Kanten an, arbeitete sich mit vorgehaltenen Händen weiter.

Irgendwo war da eine Stelle, an der er sich aufrichten

konnte. Das war angenehm. Nur war es weiterhin völlig finster. Und es roch modrig und faulig.

„Keule“, rief er. „He, Keule!“

Doch niemand antwortete ihm.

Der kleine Mann drehte sich ein paarmal im Kreis, tastete mit den Händen die Wände ab. „Hat keinen Sinn“, sagte er sich dann. „Die Finsternis wird immer finsterer. Ich krieche lieber wieder zurück ans Tageslicht.“

Er arbeitete sich weiter, mußte sich bücken, sich durch enge Stellen hindurchzwängen.

Doch während er immer noch glaubte, zu dem dünnen Wasserfall und damit zum Ausstieg ins Freie zurückzukehren, geriet er immer tiefer in das System der unterirdischen Lößhöhlen.

Langsam wurde ihm mulmig zumute.

„Keule!“ rief er wiederholt. „Keule.“

Doch nichts, nicht einmal ein Echo, antwortete ihm.

Angst kroch in ihm hoch, eine entsetzliche Angst. Er hatte früher einmal gelesen, daß es im Totenreich finster wäre. Nun fürchtete er, in ein solches geraten zu sein.

Ein Gefühl schrecklicher Verlorenheit überkam ihn. Es war ein unbestimmtes Gefühl, das ihm gar nicht bewußt wurde. Als Bisam noch ein kleines Kind war, hatte ihn dieses quälende Gefühl oft beherrscht.

Das war, wenn ihn seine Mutter allein im dunklen Zimmer zurückließ, um zur Arbeit zu gehen. Wenn Bisam damals hörte, wie sich die Tür schloß und sich draußen der Schlüssel in der Wohnungstür drehte, da hatte er dieses Gefühl von Verlorenheit, genau wie jetzt auch.

Seine Mutter war sehr arm gewesen. Manchmal gab es eine Woche lang nur Kartoffeln bei ihnen. Sonntags vielleicht zwei Eier dazu. Das war das Festessen.

Aber seine Mutter liebte ihn, und er liebte sie. Und immer, wenn sie ihn verließ, fühlte er sich entsetzlich verloren, so wie jetzt.

Seine Mutter war gestorben, als er dreizehn war. Bisam erinnerte sich oft daran. Sie steckten ihn in ein Heim, und er konnte nicht mehr mit den gleichaltrigen Kindern auf der Straße spielen. Damals beherrschte ihn viele Jahre lang eine furchtbare Sehnsucht nach diesen Kindern.

Seitdem liebte Bisam Kinder gerade in diesem Alter. Vielleicht nur unbewußt, in der Sehnsucht, mit ihnen spielen zu dürfen, im Verlangen, daß sein Leben noch einmal so sein sollte wie damals, als er selbst dreizehn Jahre alt war.

Bisam mochte auch diese drei Kinder gern, die da im Wald buddelten. Er empfand ihnen gegenüber überhaupt keine feindseligen Gefühle oder Besitzneid auf ihre Schätze. Ihm wäre es am liebsten, Keule wäre weit weg und er dürfte mit den drei Halbwüchsigen buddeln und graben. Er würde ihnen die Schätze auch ganz überlassen.

Bisam war im Grunde ein guter Mensch. Er hatte nie etwas Böses begangen, bis er Pit Keule kennenlernte. Keule redete ihm zwar immer wieder ein, es sei nach der Statistik erlaubt, zu klauen oder in fremde Wohnungen und Häuser einzubrechen. Aber er selbst konnte einfach nicht so recht daran glauben.

Als sie wieder einmal einer Frau im Postamt eine Handtasche geklaut hatten – was laut Statistik erlaubt war –, hatte er von dem Geld in der Tasche ein paar Scheine stibitzt und sie der alten Frau in dem Tante-Emma-Laden heimlich aufs Kassenbrett gelegt. Weil sie ihm leid tat und er selbst Reue empfand.

Und jetzt, in der finsteren Lößhöhle, hatte Bisam Angst, eine Angst, die ihn langsam zu töten begann. Dieses Gefühl völliger Verlorenheit war wieder in ihm.

In diesem Augenblick besann er sich der kleinen Männchen aus der Bronzezeit, die hier hausten, und ein Gefühl von Wärme und gar von Glück stieg in ihm auf. Plötzlich verstärkte sich das Gefühl, das er bereits einige Zeit mit sich herumgetragen hatte. Daß diese Männchen aus der Bronzezeit gar keine Feinde von ihm waren, sondern Freunde, die eigentlich nur mit ihm spielen wollten.

Bisam wußte plötzlich, daß ihm diese Männchen helfen und ihn aus seiner Lage befreien würden. Er hatte überhaupt nicht mehr das Gefühl, verloren zu sein.

Gottlob kannte er den Schrei der kleinen Wichte. Und jetzt ahmte er ihn in der Finsternis nach: „Hihihihihiiieeh! Hihihihihiiiieeh!"

Wieder und wieder stieß er den Ruf aus. Doch es regte sich nichts.

Wieder überkam Bisam das Gefühl der Verlorenheit.

Da vernahm er aus unendlicher Entfernung eine Antwort: „Hihihihi! Hihihihi!" Eine ungeheure Freude überkam den kleinen Mann. „Hihihihihiiieehh!" schrie er.

Und dann vernahm er erneut die Antwort: „Hihihihiiiie! Hihihihihihiiieeh!"

Da sind sie, die Männchen, schoß es ihm wild durch den Kopf. Und erfüllt von Glück und neuer, heißer Zuversicht, arbeitete er sich tiefgebückt in der engen Röhre weiter.

*

Keule hatte sich mit der Taschenlampe in den Spalt hinter dem leicht herabplätschernden Wasserfall geklemmt und war tiefer in die Höhle vorgedrungen.

Keule war gewitzt und schlau. Er reimte sich die Zusammenhänge ungefähr so zusammen, wie sie wirklich waren. Kinder waren drauf und dran, einen Schatz zu entdecken. Und er kam genau zum richtigen Zeitpunkt dazu.

So und nicht anders war es. Dieses Glück hatte man im Leben nur alle zwanzig Jahre einmal.

Keules Absicht war es, sich noch an diesem Tag oder in dieser Nacht den Schatz zu schnappen. Wie, das wußte er noch nicht. Entweder er entdeckte ihn selbst, oder er bekam einen dieser Halbwüchsigen zu packen. Das war genausoviel wert. Denn er kannte schon eine Methode, wie man einem Kind ein Geheimnis entlockte.

Den Schatz würde er zu seinem Auto tragen. Dort würde er den Wohnwagen abkuppeln und im Auto für immer verschwinden. Bisam würde er natürlich zurücklassen. Den brauchte er in Zukunft nicht mehr.

Es war sogar wichtig, Bisam im Wohnwagen zurückzulassen. Denn schließlich war dieses Fahrzeug auch geklaut. Und die Polizei brauchte ja nun mal einen Schuldigen, hahahaha!

‚Die Rechnung geht auf!' jubilierte Pit Keule innerlich. Und er kroch in dem engen Gang weiter und weiter. Unbehaglich war einem hier schon zumute. Aber Keule wußte, daß jeder Gang einmal ein Ende hatte. Er wußte auch ganz genau, daß dieser Gang mit dem Einstieg in der Waldlichtung verbunden war, daß er deshalb von der anderen Seite an diesen Schatz herankam, den die drei kleinen Buddler vom Loch in der Lichtung aus suchten.

Irgendwann hielt Keule inne, weil er Klopfzeichen vernahm, die aus weiter Ferne zu ihm herüberdrangen.

Auch diese Klopfzeichen deutete Keule sofort richtig. „Eine von diesen kleinen Witzfiguren steckt in diesem Röhrensystem", raunte er. „Und sie verständigen sich jetzt durch Klopfen. Klare Sache."

Diese treffsichere Analyse bestätigte ihm, daß auch die drei Halbwüchsigen hautnah an der Entdeckung des Geheimnisses dran waren. Alles spitzte sich jetzt auf eine dramatische Situation zu – in der er, Keule, einen entscheidenden Vorteil hatte. Er war erwachsen. Er war groß, wog neunzig Kilo und hatte mehr Kraft als drei Dutzend dieser Kinder zusammen. Das war beruhigend zu wissen, sehr beruhigend.

Aber verdammt, dieses Röhrensystem verzweigte sich auch. Wie sollte man jetzt nur den richtigen Weg wählen? Unschlüssig, gebückt, verharrte der Mann. Das Licht der Taschenlampe ruhte auf den mit dunklen Erdadern durchzogenen Lößwänden.

In diesem Augenblick erstarrte Keule. Schreck und Angst stießen wie ein spitzes Messer durch ihn hindurch.

„Hihihihihiieh!“ gellte es aus unendlicher Ferne durch die Höhle. „Hihihihiiieh!“

Sofort entspannte sich der Mann, und die Angst fiel von ihm ab. Jubel erfüllte ihn jetzt sogar. Denn als nun erneut dieses ferne „Hihihihihihiieeh! Hihihihihiieeh!“ zu hören war, wußte Keule auch schon, daß es aus der Richtung in seinem Rücken kam.

Das war gut so. Die Kinder hatten vermutlich beobachtet, wie er am Wasserfall in ihr Labyrinth eingedrungen war. Und jetzt versuchten sie, ihn auf dieselbe plumpe Weise zu verjagen, wie ihnen das schon einmal gelungen war.

„Der kommt mir gerade richtig“, dachte Keule und knipste die Lampe aus. Jetzt brauchte er nur noch zu warten, bis so ein Bengel auftauchte. Dann endlich hielt er einen dieser Kerle in seinen Pranken gefangen. Und er konnte diese Methode anwenden, mittels derer man sehr schnell Antworten auf alle Fragen bekam und Geständnisse erpreßte.

Hoppla, dachte sich Keule plötzlich.

Da kam dieses „Hihihihhihiiieeh! Hihihihiiiieeh!“ auch noch aus der anderen Richtung.

Steckten also zwei dieser Halbwüchsigen unter der Erde! Um so besser! Sie versuchten, ihm von zwei Seiten Angst einzujagen. Hahahahah! Aber anstatt daß er kopflos flüchten würde wie schon einmal, traf diesmal genau das Gegenteil ein: Pit Keule ging zum Angriff über.

„Ich bin nahe dran! Ganz nahe!“ raunte Keule glücklich vor sich hin. „Jetzt diese Kostbarkeit, die hier verborgen ist. Danach ins Auto und für alle Zeiten weg aus diesem Kaff namens Astheim ...“

Er machte sich weiter auf den Weg, diesmal in totaler Finsternis. So ertastete er sich mit den Händen den Weg, in der Gewißheit, daß irgendwo vor ihm eines dieser Kinder war – und irgendwo hinter ihm ebenfalls.

*

Staunend verharrte Tina vor der kleinen Statue. Die Anmut der Skulptur aus einer längst vergangenen Epoche und die abstoßende Häßlichkeit der beiden Mumien standen in einem wundervollen Kontrast.

War diese Statue eine Grabbeigabe? Für diese beiden toten Menschen hier?

Im Licht ihrer Taschenlampe erblickte sie plötzlich die Zeichnungen an den Wänden der Kammer. Es waren wieder nur dunkle Striche. Aber hier, an den glatten, unversehrten Wänden, fügten sie sich sinnvoller zusammen.

Verwundert betrachtete das rothaarige Mädchen eines dieser Bildchen. Sie vergaß jetzt vollends alles, was um sie herum war. Auf diesem Bild war die Statue ebenfalls abgebildet. Es gab keinen Zweifel: Ein unbeholfen gezeichnetes Mädchen, vielleicht auch eine junge Frau, hielt sie in Händen.

Dann waren da ein zweites Bildchen und ein drittes... Und mehrere andere. Sie liefen in gerader Linie um die vier Wände herum und erzählten offensichtlich eine Geschichte.

Hingerissen las Tina die Bilder dieser Geschichte von den vier Wänden ab. Da war dieses Mädchen auf der Flucht. Es rannte. Und es wurde von zwei Männern verfolgt. Die beiden Männer ergriffen das Mädchen und überwältigten es. Und dann... dann töteten sie es! Sie entrissen ihm die Statue und rannten damit davon!

‚Mörder, Raubmörder, mein Gott, hat es früher so etwas auch schon gegeben?' fragte sich Tina erschrocken.

Und mit einem Schlag wurde ihr die Bedeutung dieser Kammer klar. Und eine entsetzliche Angst stieg in ihr hoch, würgte sie und raubte ihr die Luft zum Atmen.

Diese beiden Mumien hier! Das waren die Räuber gewesen, die Mörder, die Männer, die dieses Mädchen oder die junge Frau getötet und die ihr die Statue entrissen hatten!

‚Sie mußten sterben', dachte Tina. ‚Der Fluch der Statue hat sie ereilt.' Sie preßte die Hände vors Gesicht, löste sie wieder. „Wie gräßlich!" stöhnte sie.

Plötzlich hatte sie Angst vor diesen einbalsamierten, eingeschrumpften Mumien, vor diesen zwei Männern, die vor vielleicht dreitausend oder mehr Jahren getötet hatten – und die deshalb ihren Frieden nie wieder finden durften. Für alle Zeiten waren sie dazu verdammt, als Mumien in dieser Kammer zu liegen, neben der Statue, derentwegen sie getötet hatten.

‚Aber wo war das Mädchen? Die junge Frau?' dachte sich Tina.

Dieser neue, erregende Gedanke nahm ihr die Angst. Ihre Gedanken ordneten sich wieder. Und sie überlegte nüchtern und kühl.

Dann machte sie eine ungeheuerliche Entdeckung. Da war eine Grabplatte in den Bogen eingelassen. Sie war schmucklos, zeichnete sich aber durch feine Fugen ab, die sie vom festgestampften Lehm trennten.

Tina kniete nieder und säuberte die Fugen mit ihren Fingern. Dann krallte sie ihre kleinen Finger in eine dieser Fugen und hob die Platte heraus.

„Hihihihihhiiieh! Hihihihihiieeh!" gellte es in diesem Augenblick von weit her zu ihr herüber.

Tina ließ die Platte fallen. „Pimo und Toffie sind da!" schoß es ihr durch den Sinn.

„Hihihihiieeh! Hihihiiieeh!" Der Ruf kam aus unendlicher Ferne, pflanzte sich dünn und fast klagend durch das Röhrensystem zu ihr hin.

Tina erwiderte den Ruf freudig. „Hihihihihi! Hihihihieh!" rief sie.

Sie wußte, daß das helle Kichern aus einer anderen, neuen Richtung kam. Das bedeutete, daß Toffie und Pimo den zweiten Zugang zu der Grabkammer ausgekundschaftet hatten. Und jetzt kamen sie von dieser anderen Seite, um sie zu retten.

Tinas Blick fiel auf die Wand vor ihr. Es war eine Lehmwand, sie war teilweise abgebrochen. Dahinter befanden sich dieselben aufgeschichteten Quadersteine wie an der Wand, die Tina abgebaut hatte.

„Oh, Toffie und Pimo werden staunen, wenn sie gleich da sind!“ jubelte Tina. „Ich werde ihnen die Statue zeigen. Und die Mumien. Und dann werden wir über diesen neuen Gang hinaus ins Freie kriechen. Und wir sind gerettet!“

Jetzt fiel die Aufmerksamkeit des Mädchens wieder auf die Grabplatte.

Erneut zwängte Tina ihre kleinen Finger in die Fuge. Dann hob sie die Platte hoch und stellte sie schließlich ganz auf.

Mit ungeheurer Verwunderung blickte sie in das kleine Erdloch, das sich vor ihr auftat. Rührung erfüllte sie.

Da war ein kleines Skelett. Es lag auf der Seite, mit angezogenen Beinen. ‚Das Mädchen‘, dachte Tina voll Mitleid. ‚Das getötete Mädchen. Sie haben es hier beigesetzt. Damit es für immer seine Ruhe findet. Die Statue soll über seinen Frieden wachen. Die beiden Mörder aber sollen nie mehr ihre Ruhe finden.‘

Eine Weile verharrte das rothaarige Mädchen versunken vor dem Anblick dieses Skeletts, das mitleiderregend klein wirkte.

Dann vernahm Tina ein Geräusch, und sie horchte auf. Ihr Blick fiel auf die Wand vor ihr.

Das Geräusch kam von jenseits dieser Wand.

Freude stieg in ihr auf. Pimo und Toffie kamen! Wenigstens einer von ihnen! Oh, sie würden staunen!

Hastig begann sie den trockenen Lehm von der Wand mit ihren Händen abzukratzen. Dann fuhren ihre Finger in die Ritzen zwischen den großen Steinblöcken, rüttelten einen der Steine locker.

Gleichzeitig spürte sie schon, daß auf der anderen Seite der Wand mitgeholfen wurde, den Durchbruch zu schaffen. In freudigem Eifer rüttelte und zog Tina an dem Stein, der sich weiter und weiter zu ihr herausschob.

‚Ja, helft mir, Toffie oder Pimo!‘ dachte sie. Die Wand ist schnell beseitigt, und dann werdet ihr Augen machen!

Dann endlich löste sich der große Stein aus der Wand und fiel polternd zu Boden. Ein dunkles Loch tat sich auf. Das Licht

von Tinas Taschenlampe fiel schräg hinein und strahlte jenseits des Loches oben gegen den hellen Löß.

Plötzlich herrschte eine unglaubliche Stille. Nichts rührte sich.

„Pimo, Toffie!" rief Tina in jäher Angst. Eine düstere, quälende Ahnung ergriff sie.

„Toffie, Pimo!" rief sie wieder.

In diesem Augenblick erschien das Gesicht in dem Loch. Tina stieß einen gellenden Schrei des Entsetzens aus.

Es war Keules finsteres, fleischiges Gesicht, das im Licht der Taschenlampe höhnisch leuchtete. Schon einmal hatte sie es im Durchbruch einer ähnlichen Wand gesehen.

„Nun habe ich dich, Kleine!" höhnte Keule leise und glücklich. „Nun kommst du mir nicht mehr raus!"

Und seine mächtigen Pranken rissen die Wand auseinander. Die schweren Steine brachen polternd zu Boden – während Tina, gelähmt von Entsetzen, dastand, unfähig, zu schreien, unfähig, zu flüchten.

12. Der Fluch der Statue

Nachdem Toffie und Pimo auf ihren Fahrrädern das Waldgebiet erreicht hatten, fuhren sie in zügiger Geschwindigkeit auf dem Lehmweg weiter und bogen dann in einen Waldweg ein. Die rasende Fahrt ging holprig über Wurzelstrünke und andere Unebenheiten. Dann hielt Toffie an, und auch Pimo bremste.

Wie auf Kommando schoben sie ihre Räder tiefer in den Wald, nahmen die Taschenlampe und ihre Waffen an sich und hasteten weiter.

Im Laufen studierte Toffie ständig seinen Koordinatenplan. Er verfügte in dieser dramatischen Phase über eine gute Orientierung, wußte zu jedem Zeitpunkt genau, wo er und Pimo sich gerade befanden.

„Hoppla!“ rief Pimo keuchend und blieb stehen. „Sieh mal, Toffie!“

Hinter einem hohen Stapel gelagerten Rundholzes lugte etwas Helles hervor. Sie traten um den Stapel herum.

Da stand das Gespann aus Auto und Wohnwagen.

Besorgt glitten Toffies blaue Augen über die Bäume des Waldes. Beide Jungen spürten, daß eine Entscheidung bevorstand – und sie wußten, daß Tina nun in allerhöchster Gefahr war, in den Lößhöhlen eingeschlossen, von Bisam und Pit Keule bedroht.

Trotz der kritischen Situation behielten Pimo und Toffie ihre Ruhe. Toffie breitete seinen Plan aus und fuhr mit dem Finger über die Linien, auf denen sie sich bewegen mußten.

„Hier steht der Wohnwagen“, sagte Toffie. „Hier steckt Tina unter der Erde, nahe der Grabkammer. Und hier etwa“, er wies mit dem Finger auf einen Punkt der Zeichnung, „muß sich ein zweiter Zugang in die Lößhöhlen befinden.“

„Dann nichts wie hin“, sagte Pimo.

Sie bewegten sich jetzt langsam, aber zielstrebig durch den Wald, aufrechten Ganges, denn sie scheuten auch die Begegnung mit den beiden Männern Bisam und Keule nicht mehr.

Die Bäume verengten sich, und frisches Jungholz drängte sich an dieser Stelle.

„Wasser", sagte Toffie. Er prüfte seinen Plan. Dann ging sein Blick nach links, und er sah die kleine Steigung, die sich langgezogen durch den Wald erstreckte. Heller Fels leuchtete da hervor, von Moos durchsetzt. „Komm, Pimo", sagte Toffie.

Er steuerte die Böschung an und ging an ihrem Fuß weiter. Seine Bewegungen verlangsamten sich, bis er plötzlich ganz stehenblieb.

Pimo folgte ihm angespannt.

„Ein Wasserfall", sagte Toffie.

Sekunden später hatten sie das mager herabplätschernde Wasser erreicht. Beide sahen sie sofort den Spalt.

„Da geht's rein", urteilte Pimo knapp.

Er zwängte sich als erster durch den Spalt, schaltete seine Taschenlampe ein. „Spürst du den Geruch, Toffie?" fragte er nach hinten.

„Wir sind richtig", erwiderte Toffie. „Und der Computerplan bestätigt es.

„Tina, wir kommen", sagte Pimo.

*

Währenddessen hatte sich Bisam in der Finsternis weiter und weiter vorangearbeitet. Getrieben von Angst und von der Hoffnung, die kleinen Männchen, die in diesen Gängen hausten, würden ihm helfen. Immerhin: Seine Hihihihi-Rufe hatten sie ja bereits erwidert. Das war ein gutes Zeichen.

So arbeitete er sich mühsam in der Dunkelheit vorwärts. Mit vorgestreckten Händen zwängte er sich durch Engstellen, kroch er durch Röhren. Er keuchte schwer, schwitzte, Hände und Gesicht waren zerschunden und bluteten, ohne daß er es merkte.

Und zwischen Angst und Zuversicht mischte sich eine weitere Empfindung, ein Gefühl, das er lange nicht mehr gekannt

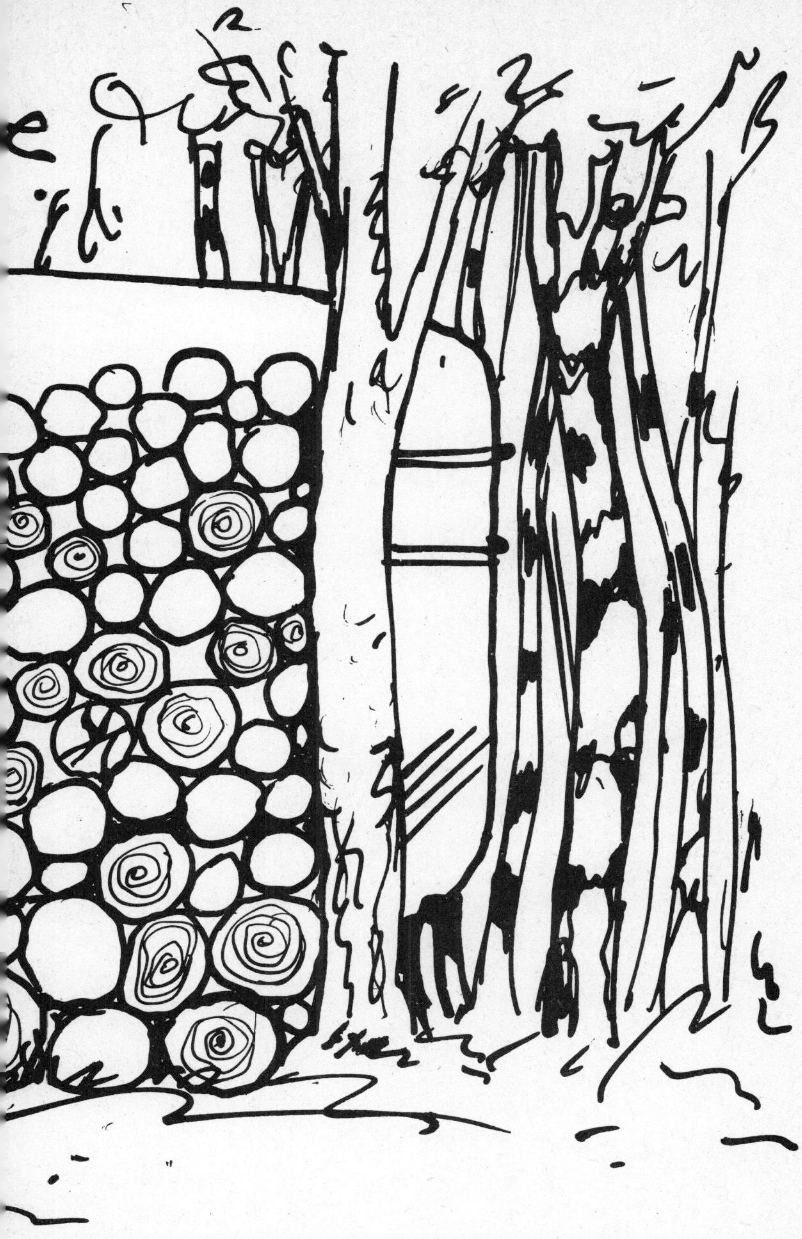

hatte: Sorge um einen anderen Menschen. Denn er ahnte, daß sein Kumpan Keule in diesen Höhlen drauf und dran war, etwas Entsetzliches zu begehen. Vielleicht einem dieser Männchen etwas Böses zu tun. In seiner Gier nach den verborgenen Reichtümern. Diese Ahnung marterte den kleinen, schwitzenden Mann und spornte ihn zu noch größerer Eile an.

*

Keule, der starke, bullige Mann, hatte mit seinen mächtigen Pranken das Mauergefüge der Grabkammer auseinandergebrochen. Nun war da ein Loch, groß genug, um bequem durchzusteigen. Und vor ihm stand im Licht der Taschenlampe dieser rothaarige Erdgeist, der Keule nur zu bekannt vorkam, das kleine, verschwitzte, gerötete Gesicht mit den braunen, aggressiv funkelnden Augen und den angeklebten Haaren.

„Hahaha! Da bist du ja!“ brummte Pit Keule glücklich. Denn nun wußte er, daß er am Ziel seiner Wünsche war. Alles lief in diesen Minuten nach Plan. Er hatte das Mädchen entdeckt, dem er durch ein sanftes Verhör sämtliche seiner Geheimnisse entlocken konnte. Und – das sah er erst jetzt mit einem Blick – er befand sich bereits in diesem geheimnisvollen Raum, den er und diese drei Halbwüchsigen gesucht hatten.

Sein Blick fuhr auf den Boden, schreckte zurück. Da lagen zwei entsetzlich grausige Gestalten. Mumien!

Doch da war noch etwas anderes: eine Statue, ein häßliches, nichtssagendes Ding! Aber wahrscheinlich war es alt und deshalb viel wert.

„Sieh mal an“, entfuhr es Keule, und der Triumph ließ sein finsteres Gesicht aufleuchten. Er bückte sich.

„Rühren Sie sie nicht an!“ schrie Tina aggressiv. „Lassen Sie die Finger davon!“

„Oho!“ Der Mann richtete sich auf, und Vorfreude und Triumph ließen sein feistes Gesicht noch mehr leuchten. „Was sagst du da?“ fragte er.

„Sie rühren dieses Mädchen nicht an! Diese kleine Statue!“ Im Licht der beiden Taschenlampen bohrten sich Tinas braune Augen wie tödliche Strahlen in den Mann hinein.

Das Mädchen war in diesem Augenblick zu allem entschlossen. Tina war bereit, für diese kleine Statue zu sterben, so erfüllt war sie bis in die letzte Faser ihres Ichs von dieser Entschlossenheit. Für sie war die Statue etwas Heiliges, ebenso wie das kleine Skelett des Mädchens, das unter der inzwischen wieder abgesenkten Platte lag.

Das Mädchen war getötet worden. Und hier hatte es seine letzte Ruhestätte gefunden, behütet von dieser kleinen Statue. Kein Verbrecher oder Ganove durfte die Statue durch die Berührung seiner Hand entweihen!

Mit wilder Entschlossenheit funkelte Tina den Mann an. Er war stärker als sie, viel stärker. Und trotzdem hatte Tina das Gefühl, daß sie ihn töten konnte, daß sie ihn töten würde – mit ihren Händen, ihren Fingernägeln, ihren Zähnen, irgendwie.

„Na, du kleines, bissiges Aas“, knurrte Pit Keule sie irritiert an. „Du kleine Hexe. Wer hat dich denn zu so einem Giftzwerg erzogen, he?“

Er näherte sich Tina, streckte seine Hand nach ihr aus.

„Lassen Sie mich in Ruhe! Berühren Sie mich nicht!“ zischte Tina ihn an.

Noch immer glühte der Triumph auf Keules fleischigem Gesicht. „Dann lauf doch, Kleine“, sagte er. „Renn um dein Leben. Na, los!“

„Nein, das werde ich nicht tun!“ fauchte Tina ihn wütend an. „Keinen Meter laufe ich vor Ihnen davon!“

„Wie du willst. Um so besser!“ höhnte Keule. „Dann werde ich mir mal diese komische Skulptur hier angucken.“

Erneut bückte er sich, und seine Hand streckte sich nach der kleinen Statue aus. „Lassen Sie die Finger davon!“ schrie Tina in Rage.

Noch einmal schreckte der starke Mann zurück. Sein Gesicht zerschmolz wieder in einem bösartigen Lächeln. „Oho“, sagte er. „Du spielst dich hier ja ganz schön auf. In diesem Loch. Tust, als wenn dir diese ganzen Schätze allein gehören würden, wie?“

„Sie gehören mir nicht. Und Ihnen auch nicht. Ihnen am allerwenigsten. Und nun verschwinden Sie von hier! Sie haben sich hier eingeschlichen, haben uns hinterherspioniert. Und nun wollen Sie diese Statue stehlen und damit verschwinden, um sie zu Geld zu machen.“

„Ganz genau, kleines Fräulein. Das will ich. Und das werde ich auch tun.“ Keules Hand streckte sich nach der Statue aus.

In diesem Augenblick griff Tina den Mann an. Die Entschlossenheit verlieh ihr ungeheure Kräfte. Aus dem Stand schnellte sie sich mit zwei Schritten vor, stieß dem Mann Kopf und Schulter seitlich gegen den Brustkorb.

Keule wurde durch die Wucht des Aufpralls nach hinten geschleudert. Er knallte mit dem Rücken gegen die Wand der Grabkammer, die Taschenlampe flog ihm aus der Hand.

Sein Gesicht verzerrte sich jetzt, nichts war mehr übriggeblieben von seinem triumphierenden Hohn.

„Das wirst du mir büßen, du Hexe“, zischte er im Jähzorn. „Das wirst du mir büßen.“

Er tat einen Schritt auf Tina zu. Das Licht seiner am Boden liegenden Taschenlampe fiel nach oben in sein Gesicht, ließ darauf grausige Schatten entstehen. Es war ein fleischiges Antlitz, entstellt von Haß und Besitzgier.

„Das wirst du mir büßen“, wiederholte Keule raunend. Eine furchtbare Drohung stand in seinen glitzernden Augen.

Er tat einen Schritt auf Tina zu.

Das Mädchen erwartete ihn. In Tina war keine andere Empfindung als die Bereitschaft zum Kampf. Sie überlegte nicht mehr, rechnete nicht mehr. Alles in ihr schmolz zu dem einen Instinkt zusammen: die kleine Statue mit allen Mitteln zu verteidigen!

Keule setzte zum zweiten Schritt auf sie an.

In diesem Augenblick fuhr Tinas Arm mit der Stablampe

weit herum, in einem langgezogenen, aus ihrem Rücken heraus geführten Schlag. Mit furchtbarer Wucht traf der schwere Stab Keules Schläfe.

Das Glas zersplitterte, Tina wurde die Lampe durch die Wucht aus der Hand gerissen. Sie schlug krachend gegen die Wand, polterte auf den Boden, ihr Licht erlosch jedoch nicht.

„Nun, komm, du Bestie!" Keules Worte kamen leise und drohend. Jetzt war dieser Mann zu allem entschlossen. Tina spürte es. Aber sie hatte keine Angst. Im Gegenteil, sie wollte es sogar so.

Sie wünschte es sich mit all ihrer Kraft, daß der Kampf jetzt sofort, ohne Verzögerung und bis zum Ende, ausgeführt werden sollte.

„Dann kommen Sie! Kommen Sie!" sagte sie ebenfalls leise.

Ihr Blick stieß wie Dolche in ihn hinein. Ihre Hände hatten sich leicht von ihrem Körper gelöst, die Finger waren wie gebogene Krallen gespreizt.

Und sie wich nicht zurück. Keinen Meter, keinen Zentimeter, nicht mal einen Millimeter.

Nur über ihre Leiche würde sie die kleine Statue, die neben ihnen am Boden stand, preisgeben.

In diesem Augenblick packten Pit Keules mächtige Hände zu. Dem Zugriff der ersten Hand entriß sich Tina, Keules zweite Hand aber packte sie schmerzhaft am Oberarm.

Tina schleuderte herum, krachte mit Kopf und Rücken gegen die Wand, rutschte daran nieder.

„Lassen Sie mich! Lassen Sie mich! Lassen Sie mich!" gellte sie.

Doch dann beugte sich der starke Mann über sie. Sekundenlang sah sie sein fleischiges Gesicht ganz nah. Jetzt krallten sich Keules Pranken wie Schraubstöcke in ihre kleinen Schultern.

‚Es ist aus!' schoß es Tina durch den Sinn. ‚Er bringt mich um!'

In diesem Augenblick geschah etwas Unvorhergesehenes.

Da war ein Geräusch, Krachen und Poltern von Steinen, als

sich eine andere Gestalt durch das Loch schob. Irgendeine neue Gewalt stürzte sich von hinten auf Keule, warf ihn aus dem Gleichgewicht.

Keule stürzte zu Boden, seine Hände lösten sich von Tina.

Dann ging alles drunter und drüber.

Tina sprang auf, sah den kleinen blonden Bisam, wie er sich auf Keule warf.

„Laß das Mädchen", schrie Bisam und versuchte Keule zu würgen. „Laß diese Kinder und verschwinde! Verschwinde von hier! Und laß uns alle in Frieden!"

Er lag halb auf dem viel größeren und stärkeren Pit Keule und versuchte, ihm durch Würgen die Luft zu nehmen.

Und jetzt trat wieder dieser höhnische Triumph in Keules Augen und auf sein Gesicht. „Du Verräter!" schrie er. „Jetzt kämpfst du also für die andere Seite!"

Ein furchtbarer Faustschlag traf Bisam am Kopf, schleuderte ihn gegen die Wand.

Keule erhob sich, griff den viel kleineren, am Boden liegenden Bisam an.

‚Er bringt ihn um!' schoß es Tina voll Angst durch den Kopf.

Und tatsächlich schien es auch so.

Keule lag über dem kleinen, armen Blonden. Jetzt suchten Keules mächtige Pranken Bisams Hals.

„Hilfe!" schrie Bisam noch. „Hil..." Doch der Schrei erstarb bereits, endete in einem Todesröcheln.

In diesem Augenblick nahm Tina die einzige Waffe, die ihr noch geblieben war.

Die Statue!

Sie hob sie vom Boden auf. Sie war schwer, wog gut zwei Kilo.

Tina holte in ihrer Verzweiflung weit aus, zielte auf Keules Kopf.

Doch als die massive Skulptur mit Wucht niedersauste, bewegte sich Keule zur Seite. Und die Statue in Tinas Hand traf ihn nur im Rücken.

„Au!“ schrie Keule im Schmerz auf. „Au!“

Er fuhr herum, sein gequälter Blick stieß voll Wut in Tina hinein. „Oh, warte! Ich bringe euch beide um!“ schrie er – und dann schloß sich seine Hand um Tinas Knöchel.

„Hihihihihiiiieh! Hihihihihiiieeh!“ gellte es durch den Gang und die Grabkammer.

Dann ein entsetzlicher Schlag, eine furchtbare Explosion, ein heller Blitz und ein ohrenbetäubendes Krachen. Tina war geblendet, unfähig, für Sekunden etwas zu hören. Rauch, Pulverdampf füllte die Luft.

Dann hörte sie nur noch, wie jemand brüllte, und es war Pit Keule: „Raus hier! Weg! Nichts wie weg von hier!“

Tina nahm wahr, wie die schwere Gestalt sich durch das Loch in der Grabkammer zwängte und verschwand. Sekunden später explodierte es wieder.

Ein weiterer Knall folgte.

„Weg hier! Nichts wie raus!“ gellte Keules Schrei aus größerer Entfernung zu Tina hin.

Und noch einmal folgten zwei Detonationen hintereinander. Ihr Echo vibrierte in den Erdgängen.

*

Dann sah Tina ihre Freunde Toffie und Pimo, die aus dem Gang, durch den sie Keule ein Stück verfolgt hatten, zurückkehrten. Sie zwängten sich durch das Loch, standen vor ihr und vor Bisam, der sich keuchend und mit schmerzverzerrtem Gesicht erhob.

„Ein Glück, daß ihr gekommen seid“, sagte er röchelnd zu Pimo und Toffie. „Er hätte uns beide umgebracht.“ Und dann fügte er hinzu: „Dieses Mädchen hier hat mir das Leben gerettet.“

„Und Bisam hat mir das Leben gerettet“, gab Tina zu verstehen.

Staunend musterten Pimo und Toffie die Statue, die beiden

dunklen, einbalsamierten Mumien. Erst jetzt schienen sie langsam zu begreifen.

„Da sind wir also gerade noch rechtzeitig gekommen", urteilte Toffie, dessen Gesicht von den Anstrengungen der letzten Stunden angespannt war.

„Ein paar Sekunden später, und es hätte kritisch werden können", fügte Pimo hinzu. Er hielt einen letzten Blitzknaller in der Hand. „Gut, daß wir diese Waffen dabeihatten. Die haben Pit Keule verjagt. Der glaubt nun wohl wirklich bis an sein Lebensende an Höhlengeister."

Und dann zeigte Tina den anderen das Skelett des Mädchens. Sie hob die Platte an. Ehrfurchtsvoll ruhte der Blick der vier Menschen auf den Gebeinen eines Mädchens oder einer jungen Frau, die vor dreitausend Jahren oder vor noch längerer Zeit getötet worden war.

Tina zeigte den dreien auch die um die Wände der Grabkammer laufenden Zeichnungen.

Ehrfürchtig betrachteten Bisam, Toffie und Pimo auch diese Bilder. Sie begriffen alle sofort.

„Ein Heiligtum", sagte Toffie leise, als er die Statue in beiden Händen hielt.

Er sprach das aus, was seine beiden Freunde Tina und Pimo ebenfalls dachten.

Die Statue hatte keinen materiellen Wert für sie. Sie bedeutete ihnen mehr, viel mehr als Geld, Gold oder sonstwas.

„Laßt uns gehen", schlug Toffie vor.

Tina und Pimo bückten sich nach den beiden anderen Taschenlampen.

„Ist der Gang dort hinten verschüttet?" fragte Pimo seine Freundin.

Tina nickte.

„Okay", sagte Toffie. „Dann folgen wir Keule und verlassen die Höhle vorn am Wasserfall."

„Hoffentlich begegnen wir dem Kerl nicht wieder", sagte Pimo besorgt.

„Der ist über alle Berge“, erwiderte Bisam. „Der hat die Höhle längst verlassen.“

Und Bisam sollte recht behalten.

13. Pit Keules Dummheit

Keule mußte eine schreckliche Angst zur Eile angetrieben haben. Denn obwohl der Mann keine Taschenlampe hatte und sich in totaler Finsternis vorantasten mußte, hatte er die Lößhöhle bereits längst verlassen, als die vier anderen sich am Wasserfall ins Freie zwängten.

Toffie berechnete die Situation ganz kühl. Er ahnte, daß Keule sich auf einer überstürzten Flucht aus Astheim befand, und er wußte, daß Eile geboten war, wenn der Ganove noch an diesem Tag von der Polizei geschnappt werden sollte.

Der Dämmer fiel in den Wald ein, es wurde dunkel.

Während Bisam auf direktem Weg zwischen den Stämmen hindurch zum Wohnwagen rannte, wählten Tina, Toffie und Pimo vorsichtshalber einen Umweg, um zunächst zu Toffies und Pimos Fahrrädern zu gelangen.

Äußerst vorsichtig schlichen sie sich an den Rundholzstapel an, hinter dem der Wohnwagen versteckt war. Doch da kam ihnen bereits Bisam in Aufregung entgegen.

„Keule ist weg!“ meldete er.

„Zu Fuß?“ fragte Pimo ungläubig.

Bisam brauchte gar nicht mehr zu antworten. Denn sie sahen schon, daß der Wohnwagen abgekuppelt dastand.

„Er hat sogar noch den Kühlschrank ausgeräumt und alles mitgenommen, was einigermaßen zu gebrauchen war, sogar meinen Waschlappen“, jammerte der kleine Mann mit dem frettchenhaften Gesicht.

„Mach dir nichts draus, Bisam.“ Pimo legte dem Mann, der fast einen Kopf kleiner war als er, tröstend die Hand auf die Schulter, so, als wäre Bisam ein kleiner, heulender Junge.

„Wir rasen los“, kommandierte Toffie. „Tina, setz dich hinten auf meinen Gepäckträger drauf. Ich bringe dich zu deinem Fahrrad. Und dann nichts wie ab in die Stadt.“

„Und was wird aus mir?“ jammerte Bisam. „Es wird dunkel, und ich bin ganz allein im Wohnwagen. Was ist, wenn Keule

kommt und sich an mir rächen möchte? Kann ich denn nicht gleich freiwillig zur Polizei und ins Gefängnis?"

Sie starrten den kleinen Mann betroffen an. Zum erstenmal wurde ihnen klar, welche Probleme Bisam jetzt hatte.

„Vielleicht müssen Sie gar nicht ins Gefängnis, Bisam", sagte Toffie. „Immerhin haben Sie Tina vielleicht das Leben gerettet."

„Und Keule kommt ohnehin nie wieder zurück", fügte Pimo hinzu.

Bisam stand da, klein, verzweifelt, einsam. „Kommt ihr denn überhaupt irgendwann mal wieder?" fragte er mit dünner Stimme.

Sie sahen ihm an, daß er dringend Freunde, eine Heimat brauchte.

„Wir kommen wieder, Bisam", versprach Toffie. „Sie können sich auf uns verlassen."

*

In Astheim angelangt, steuerten Tina, Toffie und Pimo unverzüglich die Polizeiwache an.

Ponkie hatte Dienst, der alte Polizist, der kurz vor der Pensionierung stand.

Aufgeregt meldeten ihm die drei Freunde, was draußen im Wald geschehen war.

Ponkie musterte seine Besucher verwundert. „Höhlen?" fragte er. „Zwei Mumien? Ein Verbrecher? In welchem Kino läuft denn der Film?"

„Es ist kein Film", fauchte Tina ihn gereizt an. „Es ist Wirklichkeit. Pit Keule ist der Mann, der in Astheim die Diebstähle begangen hat. Und er kann noch nicht weit sein. Er ist in einem alten großen Ford unterwegs."

„In einem Ford?" Ponkie nahm die Meldung überhaupt nicht ernst. Er war nicht mehr sonderlich erpicht darauf, zu arbeiten, Protokolle aufzunehmen oder ähnliche unangenehme Arbeiten zu verrichten. „Seid ihr sicher, daß es ein Ford ist?"

„Es ist ein Ford!" rief Tina mit funkelnden Augen. „Und es ist der Mann, der die Diebstähle begangen hat!"

„Na schön, wir werden uns morgen früh drum kümmern", sagte Ponkie und schielte bereits wieder sehnsüchtig zu den Bierflaschen, die er unter seinem Schreibtisch aufgereiht hatte – als flüssigen Proviant für seinen Nachtdienst.

Am nächsten Morgen, das wußte er genau, konnten sich dann andere um den lästigen Fall kümmern.

„Kommt, wir gehen", erklärte Toffie knapp und enttäuscht.

Sie verließen die Wache, fuhren zum Bismarck-Denkmal und setzten sich dort auf einen Sockel.

„Heute kannst du die Polizei vergessen", urteilte Tina. „Es hat gar keinen Sinn, Ponkie irgendwas zu erzählen von der Grabkammer oder den Mumien und der Statue."

Es war längst dunkel geworden. Blütenduft lag in der Luft, und von Silvanos Eisdiele drang verweht Musik herüber.

Sie fühlten sich alle erschöpft, unfähig auch, das Erlebte richtig zu verkraften. Es war wie eine Mischung aus Märchen und Alptraum, was sie erlebt hatten, so phantastisch, daß es ganz unrealistisch erschien.

Lange saßen sie schweigend da.

Dann schlug Toffie vor: „Ich glaube, wir gehen nach Hause. Morgen melden wir unseren Fund in der Gemeinde. Dann werden sie in den Wald hinausfahren und die Grabkammer besichtigen."

„Und sie werden Bisam holen und den Wohnwagen abschleppen", fügte Pimo hinzu.

*

In dieser Nacht schlief Pimo unruhig. Ein Alptraum bedrängte ihn. Er träumte, daß eine finstere Gestalt sich am Haus zu schaffen machte, an der Haustür mit ihrem uralten Schloß.

Der Einbrecher drang in die Diele ein, schloß die Haustür hinter sich, stieg auf leisen Sohlen ins Obergeschoß hinauf, näherte sich seinem Zimmer.

Angst, eine furchtbare Angst beunruhigte Pimo im Schlaf. Er wälzte sich hin und her, stöhnte. Die finstere Gestalt näherte sich seinem Zimmer. Dann öffnete sich die Tür...

Pimo schrak hoch und schrie.

Gleichzeitig flammte das Licht auf. Polternde Geräusche, Lärm waren zu hören – und dann die tiefe Stiefe seines Vaters Harry Penk. „Habe ich dich, du Bursche. Ich wußte ja, daß du kommst. Weil dich die Tür mit dem alten Schloß schon immer gereizt hat."

„Pit Keule", stöhnte Pimo.

Er konnte nicht glauben, was sich da vor seinen Augen abspielte. Handschellen schlossen sich klickend um die Gelenke von Pit Keule.

Harry Penk stand da und musterte den Einbrecher mit grimmiger Miene.

„Das ist der Mann, der die Diebstähle in Astheim begangen hat, Papa", platzte es aus Pimo heraus. „Und der uns in die Höhlen draußen im Wald nachgeschlichen ist. Er wollte Tina umbringen. Und er ist auch hundertprozentig der Mann, der den Fußabdruck auf dem Maulwurfhügel in unserem Graben hinterlassen hat."

„Ich weiß, mein Junge, ich weiß", sagte der hünenhafte Privatdetektiv Harry Penk.

Dann schraubte sich seine Hand um Keules Oberarm. „Ponkie bekommt Arbeit", sagte Harry Penk. „Er muß diesen Burschen in die Zelle sperren und ein erstes Vernehmungsprotokoll aufnehmen."

*

Die Entdeckung von Tina, Pimo und Toffie wurde in Astheim als Sensation gefeiert. Der Abschnitt des Feldes, unter dem die

Hügelgräber lagen, wurde eingezäunt. Das Skelett des kleinen Mädchens, die beiden Mumien und die Statue kamen ins Astheimer Heimatkundemuseum. Nach Beendigung der Ausgrabungen sollte dann die Grabkammer in einem kleinen Anbau des Museums ausgestellt werden, und zwar ganz genauso, wie sie ursprünglich ausgesehen hatte, einschließlich der wertvollen Strichzeichnungen entlang den Wänden.

Tina, Pimo und Toffie wurden wieder einmal als Helden gefeiert, Pit Keule aber der Prozeß gemacht. Weil er auch in anderen Städten Diebstähle und Einbrüche begangen hatte, wurde er einem anderen Gerichtsbezirk überstellt.

Auch gegen den kleinen Bisam wurde eine Verhandlung eingeleitet.

Er kam glimpflich davon, mit Bewährung. Belohnt aber wurde sein mutiger Einsatz, als er sich auf Pit Keule gestürzt hatte, um Tina vor diesem Mann zu retten. Bisam erhielt das Angebot, als Hausmeister im Heimatkundemuseum zu arbeiten. Der kleine Mann nahm das Angebot mit riesengroßer Freude an.

Endlich hatte auch Bisam wieder ein Zuhause. Und in Tina, Toffie und Pimo sogar gute Freunde.

Die Ausgrabungen brachten schließlich noch einige weitere Funde zutage. Viel war es nicht mehr, was die Kreisarchäologen freilegten, mit warmem Wasser wuschen, in Zellophantütchen verpackten und in die Archive ihrer Behörde einordneten.

Aber die zusätzlichen Funde bildeten schließlich doch so etwas wie eine Abschlußbilanz dieses Abenteuers.

*

Toffie hatte auch sie auf Diskette gespeichert. Eines Abends saß er wieder mal vor seinem Computer, den Blendschirm tief in die Stirn gezogen. Der Drucker arbeitete. Toffie zog das Blatt ab und hielt es ins Licht seiner Schreibtischlampe.

FUNDGEGENSTAENDE

BEZEICHNUNG	STUECKZAHL
TONSCHALE	04
VASE (TON)	01
KRUG (BRONZE)	01
RING (BRONZE)	03
RING (SILBER)	01
ARMREIF	02
FIBEL (GEWANDNADEL)	07
DOLCH (KLEIN)	02
DOLCH (GROSS)	02
SCHWERT	01
SCHILDBUCKEL	01

LOKATION:

PLANQUADRAT AQ/11

„Das wär's", sagte er schließlich. Er schaltete den Computer aus und zog den Blendschirm von der Stirn. Für Tina, Pimo und ihn war die Arbeit wieder mal getan.

Wissenswertes über Ausgrabungen

ARCHÄOLOGIE bedeutet ursprünglich Altertumskunde und gilt als Sammelbegriff für die Erforschung des Altertums aus Bodenfunden und überirdischen Baudenkmälern. Die moderne Archäologie nutzt die naturwissenschaftlichen Hilfsmittel der Chemie und Physik und in zunehmendem Maß auch die elektronische Datenverarbeitung.

AUSWASCHEN: Weil bestimmte Funde wie Pflanzenteile oder Insektenreste durch Schaufel oder Bürste leicht zerstört werden können, werden diese verletzlichen Funde aus der Erde ausgewaschen. Sie haben meist ein leichteres spezifisches Gewicht, schwimmen deshalb im Wasser oder im Lösungsmittel auf.

BRONZE: Eine Kupferlegierung aus etwa 90 Prozent Kupfer und 10 Prozent Zinn. Das Zinn erleichtert den Guß und erhöht die Festigkeit des Materials. Deshalb wurde Bronze schon früh zur Herstellung von Waffen und Handwerkzeug genutzt.

BRONZEZEIT: Zeitalter zwischen Jungsteinzeit und Eisenzeit, bei uns etwa zwischen 1600 v. Chr. und 800 v. Chr. Die Bronzezeit brachte nicht nur Fortschritte in der Herstellung von Waffen (Dolche, Streitäxte, Schwerter), sondern auch eine künstlerische Entwicklung. Als Grabbeigaben wurden Reife, Ringe, Kleinplastiken, Reliefs und viele andere Kunstgegenstände entdeckt.

COMPUTERSIMULATION: Brandneues Verfahren, das Aufschluß über Bevölkerungszahl, Siedlungsverhalten, Ackeranbau und anderes aus vorgeschichtlicher Zeit gibt. Zugrunde liegen die bei Ausgrabungen gewonnenen Daten, die experimentell durchgespielt werden. Aus einer Fülle realer Fakten lassen sich dabei überraschend neue Erkenntnisse gewinnen.

FELS- UND HÖHLENKUNST: Meist stilisierte Darstellung von Jagd- oder Kampfszenen auf Lehm- oder Felswänden.

FLÄCHENGRABUNG: Eine Methode, bei der größere Bodenflächen gleichzeitig abgetragen werden. Aufschlußreich sind besonders die Funde in verschiedenen Horizontalschichten, weil aus ihrer Lage und Zuordnung Erkenntnisse über das Leben der Menschen in größeren Zeiträumen gewonnen werden können.

FOSSILER BODEN: Unversehrter Boden (Hochmoore) mit Einschlüssen von Schneckenhäusern, Skeletten und anderem.

GITTERMETHODE: Wichtiges Verfahren bei Ausgrabungen. Die Stätte wird mit einem Raster rechtwinkliger Koordinaten überzogen. Meist werden die Quadrate in einem Meter Seitenlänge mit Pflöcken und Schnüren umspannt.

JUNGSTEINZEIT: Wichtige menschheitsgeschichtliche Epoche. Bei uns etwa zwischen 5000 v. Chr. und 1600 v. Chr. Erstmals sind die Steingeräte nicht nur behauen, sondern auch zu scharfen Schneiden geschliffen und sogar durchbohrt. Die neuen Techniken bei der Steinbearbeitung brachten nicht nur der Kunst (Marmorketten, Gefäße, Skulpturen) Auftrieb, sondern auch der Herstellung von Handwerkszeug, Haushaltsgeräten und Waffen.

LÖSS: Gelbliche Ablagerungen, meist aus Quarzkörnchen, Mineraliensplittern und ähnlichem. Löß, meist vom Wind zu gewaltigen Schichten aufgetürmt, ist eine fruchtbare Erde und wurde deshalb schon in vorgeschichtlicher Zeit gern zum Ackerbau benutzt. Weil Löß bei Grabungen standfest ist, also nicht einbricht, wurde diese Erde zum Bau von Höhlen, Gängen und vor allem auch Hügelgräbern genutzt.

NASS-SIEBEN: Verfahren ähnlich dem Auswaschen, bei dem wissenschaftlich wertvolles Material, wie etwa Insektenüberreste, von dem ihn umgebenden Material getrennt wird.

PHANTOM: Verfärbung in umgebender Erde, die von tierischen oder menschlichen Überresten, von Kleidungsstücken oder ähnlichem herrührt. Weil es beispielsweise über die Kleidung der Menschen in vorgeschichtlicher Zeit nur mangelhafte wissenschaftliche Erkenntnisse gibt, werden Phantomstellen in der Erde oft mit äußerster Behutsamkeit freigelegt.

RESTAURATION: Wiederherstellung ganz oder teilweise zerstörter Fundgegenstände. Es ist eine langwierige und nervenaufreibende Arbeit, wenn zum Beispiel ein Tongefäß aus einer riesigen Fülle von Scherben herausgesucht werden muß.

Tinas Sprüche-Kiste

Kids:	Das sind die Jungen unter dreißig. Danach kommt schon das Kalkleisten-Alter.
Kalkleiste:	Unsere Eltern sind meist schon wahre Kalkleisten. Die kriegen gar nicht so richtig mit, was gespielt wird.
scheintot:	Ist die Steigerung von Kalkleiste.
Gruftie:	Ist die Steigerung von scheintot. Diese schönen Bezeichnungen haben nur den Nachteil, daß auch wir jeden Tag älter werden: Ob man dann auch „Gruftie“ zu uns sagt?
Mumie:	Die alten Ägypter haben früher ihre vornehmen Toten mumifiziert, damit sie möglichst lange ansehnlich ausschauen. Dennoch: Eine Mumie ist tot, sie weiß es nur scheinbar nicht, so alt ist sie schon.

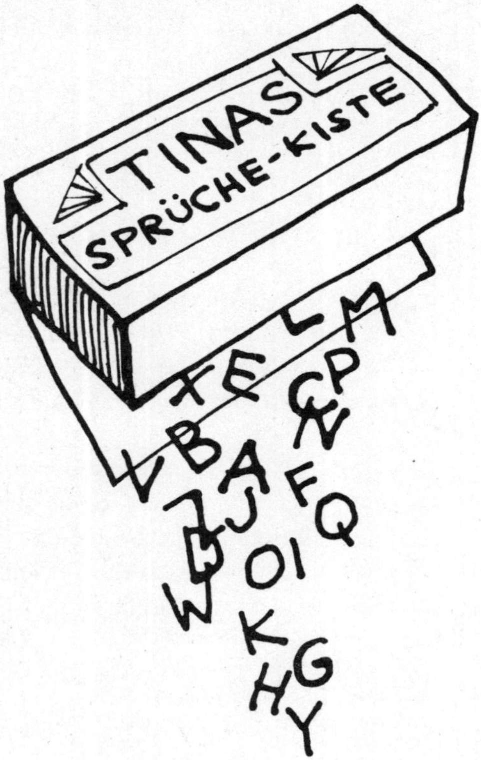
TINAS
SPRÜCHE-KISTE

LIEBER IRRE ALS KIRRE

Hallo Toffie-Fans!

Privatdetektiv Harry Penk mag sich noch so sehr anstrengen, Maulwürfe im Garten zu fangen und dabei seine Aufmerksamkeit zu schulen – gegen Toffies Computer wird er wohl nicht ankommen. Wie Toffie, Tina und Pimo immer wieder in aufregende neue Abenteuer geraten und wie sie durch ihren Spürsinn und Toffies elektronische Ausrüstung auch die härtesten Nüsse knacken, dies erfahrt ihr in den folgenden Büchern:

Beutezüge in dunkler Nacht
Immer wenn dunkle Wolken den Vollmond bedecken, wird es unheimlich in der Stadt Astheim. Seit drei Jahren ängstigt eine Einbruchsserie die Einwohner. Die Polizei und auch Privatdetektiv Harry Penk stehen vor einem unlösbaren Rätsel. Sie tappen im dunklen. Wer schleicht nachts durch die finsteren Gärten, um in die Häuser einzubrechen? Bisher wurde auch noch kein Gegenstand aus der Beute des mysteriösen Diebes gefunden. Doch jetzt schalten sich die drei Freunde Toffie, Tina und Pimo ein. Mit Hilfe eines Computers, den sie mit Daten über die Einbruchsserie füttern, kommen sie bald auf eine heiße Spur. Der Täter dringt immer bei Vollmond in Häuser ein, in denen Katzen leben. Toffies Computer wirft den richtigen Tip aus, und in einer gruseligen Nacht versuchen Toffie, Tina und Pimo, den Dieb in eine Falle zu locken.

Gefangen in der alten Mühle
Eingesperrt in einem dunklen Verlies, weit weg von seinen Freunden, in der Gewalt von Verbrechern – das hat sich Toffie in seinen schlimmsten Träumen nicht ausgemalt. Dabei hatte zunächst alles so harmlos angefangen: Toffie, Tina und Pimo hatten bei einem ihrer Streifzüge tote Fische im Fluß gefunden. Als sich dies wiederholte, war ihnen klar geworden, daß je-

mand giftige Rückstände in die Prill kippt. Doch wer so etwas tut, der läßt nicht mit sich spaßen, wenn man ihm auf die Schliche kommt. Denn Toffie hatte dem Schulcomputer interessante Daten über die Verseuchung des Flusses eingegeben und sich damit auf die Fährte der gewissenlosen Geschäftemacher begeben. Nun sitzt er gefangen in der verfallenen Mühle.

Flammenmeer auf dem Autofriedhof

„Die irre Rostlaube müssen wir uns ansehen", hatte Pimo ganz aufgeregt am Vormittag in der Schule seinen Freunden Toffie und Tina zugerufen. Als sie sich nachmittags auf dem Autofriedhof in den verbeulten Ford Mustang, Baujahr 1965, drängen, entdeckt Toffie in der Seitentasche des Autowracks ein vergilbtes Stück Papier. Die in Computerschrift aufgedruckten Zeichen ergeben jedoch keinen erkennbaren Sinn. Schon wollen sie den Zettel wegwerfen, als Tina einen blinkenden Gegenstand unter der Fußmatte des Beifahrersitzes erspäht: eine Revolverkugel. Daß es sich bei dem Ford Mustang um ein ehemaliges Gangsterfahrzeug handelt und daß sie jetzt das Geheimnis des Computercodes knacken müssen, wird Toffie, Tina und Pimo zur Gewißheit. Doch in welche Gefahr sie sich begeben, dies wird ihnen erst später klar.

Das Geheimnis der unterirdischen Gänge

Eines Tages findet Tina die Tür zum alten Turm der Astheimer Kirche offen und erfährt vom Küster etwas über eine Schatzkassette, die sich seit dem Dreißigjährigen Krieg in Astheim befinden soll. Tina will dies zuerst nicht glauben. „Doch", erklärt der alte Küster, „es gibt irgendwo in unserer Stadt diesen Schatz. Seit Jahrhunderten ist es uns überliefert. Allerdings: Gefunden wurde der Schatz bisher noch nicht..."

Ganz klar, daß Toffie, Tina und Pimo nun Feuer und Flamme sind, diesen Schatz zu entdecken. Immerhin steht ihnen ja ein

Instrument zur Verfügung, das die früheren Schatzsucher nicht besaßen: der Computer. Bald stoßen Toffie, Tina und Pimo bei ihrer Suche auf ein weiteres Geheimnis – die unheimlichen unterirdischen Gängs. Führen diese zu dem bisher nicht gefundenen Schatz?

Im Griff der Würgeschlange

Der Wanderzirkus FAMOSI gibt eine Vorstellung in der Stadt Astheim. Die Sensation der Show ist das junge Mädchen Elfie mit ihrer Riesenschlange Ticca. Die Schlange kann Federball spielen und eine Pyramide aus Schaumgummiwürfeln bauen. Elfie und Ticca erhalten sehr viel Applaus: Dies ist die beste Nummer des Zirkus. Als Toffie am nächsten Morgen Elfie in den Flußauen der Prill etwas suchen sieht, erfährt er, daß die Riesenschlange verschwunden ist. Hat die Anakonda die Freiheit gesucht oder hat sie jemand gestohlen, der sich durch das Tier bereichern will? Nachdem auch die Bevölkerung von Astheim durch das Verschwinden der Riesenschlange aufs äußerste beunruhigt ist, versuchen die drei Freunde Toffie, Tina und Pimo zusammen mit Elfie und mit Hilfe des Schulcomputers, die Würgeschlange zu finden. Können sie die Schlange entdekken, bevor es ein Unglück gibt?

Der seltsame Adler

Der eisige Winter hat die Stadt Astheim und das ganze Land im Griff. Das Thermometer sinkt auf die Rekordmarke von unter minus 30 Grad. Da kommt das Gerücht von einem furchterregenden riesigen Vogel auf, der nachts sein Unwesen über Astheim treiben soll.

In einer klaren Mondnacht schreckt Tina im Schlaf auf. Sie blickt nach draußen in den Garten und sieht dort einen gigantischen Vogel auf dem Gartenschuppen sitzen. Doch der Vogel hebt ab und streicht mit seinen mächtigen Schwingen davon.

Handelt es sich um ein vogelähnliches Raubtier, das getötet werden muß, wie es die Bürger von Astheim verlangen? Oder können Toffie, Tina und Pimo das Geheimnis dieses Tieres klären, das offensichtlich die Nähe der Menschen sucht?